小倉百人一首《ひゃくにんいっしゅ》

（浮世絵珍藏版）

（日）藤原定家 编著

刘德润 译

新 星 出 版 社　NEW STAR PRESS

序言

《小仓百人一首》与 浮世绘

《小仓百人一首》是日本八百年来流传最广的古典和歌选集，被誉为日本的《唐诗三百首》，但却比《唐诗三百首》更加深入人心。

《小仓百人一首》，由镰仓时代著名和歌诗人藤原定家（1162–1241）于1235年选编而成，目的是为了装饰宇都宫赖纲新落成的小仓山别墅。宇都宫是他大儿子的岳父，定家在小仓山也有自己的别墅“时雨亭”。藤原定家生于和歌世家，其父亲藤原俊成（1114–1204）是当朝最有威望的和歌诗人，长期担任皇太后宫大夫。天皇家族与高官贵胄都是藤原俊成的门生。

藤原定家推崇的和歌风格是：精致细腻、唯美梦幻、余韵悠长、艳丽优雅，可谓《古今和歌集》时代的代表歌风。

《小仓百人一首》作者100位，其中男性作者79人，女性21人。这表明女性在日本文学史上空前活跃，这种现象在中国文学史上是不曾有过的，《唐诗三百首》的作者中只有一位女性杜秋娘。

《小仓百人一首》每位作者只选1首和歌，作者多为皇族与贵族。所选和歌从天智天皇到顺德院（退位天皇）为止，时间跨度将近六百年。

从题材上来看，《小仓百人一首》中，奔放或缠绵的恋歌最多，共 43 首，将近一半。其次是描写四季景色的作品共 32 首，约占三分之一，其中又以秋歌居多。从色调上来看，尽管歌中有红叶、樱花这样鲜艳欲滴的火红与淡红，但白云、白雪、雾气、露水、寒霜、月光、浪花等，构成了本诗集洁白而朦胧的主色调。

和歌适于抒情与写景，从《记纪歌谣》及《万叶集》算起，走过了 1300 年的历程。《小仓百人一首》中的和歌全部属于“短歌”，由 31 个假名构成，分为：上句 5，7，5；下句 7，7。

由于日语的特色，和歌无法押韵与讲究平仄，也不讲起承转合的章法。和歌的主要修辞技巧有：“枕词”“序词”“挂词”“取材古歌”“体言结句”“倒装句”“缘语”等。这些技巧都无法用汉诗再现出来，只好忍痛割爱。

我尝试用格律诗五言绝句的形式来翻译和歌，力图符合我国读者欣赏古诗的审美习惯。日本动画片《ちはやぶる》（花牌情缘）字幕组采用的就是拙著中的译诗。

《小仓百人一首》不但被人吟诵，还被制成纸牌，将每一首和歌分为 5,7,5 的上句与 7,7 的下句的两张纸牌。“百人一首抢牌游戏”不但是新年期间的活动，还常在学校、文化会馆、寺院、神社等场所，举行中小学校际间的友谊赛。这种比赛早已成为一种文化传统。滋贺县大津市琵琶湖畔的近江神宫，是全国高中百人一首抢牌游戏比赛的总会场，每年 7 月 22 日举行团体赛，23 日举行个人赛。近江神宫祭祀着《小仓百人一首》的第一位作者天智天皇，这里曾是当时的皇宫大津宫所在地。

“百人一首抢牌游戏”的渊源，可以追溯到一千年前的平安末期，皇族与贵族家庭中的游戏「貝《かい》合《あ》わせ」（对贝壳）。岛国日本盛产美丽的海贝，形状、色泽、大小各异的贝壳，内面绘有四季花卉、《源氏物语》等故事的图画，或是两片贝壳分别书写有和歌的上句、下句。能够尽快将这些成对的贝壳吻合起来者，胜出。

战国时代，这种游戏开始普及到大名（诸侯）家庭。到了江户时代的元禄年间（1688–1704），迎来了日本史上的“文艺复兴”，加上彩色木板印刷术的普及，《小仓百人一首》被制成纸牌，普及到民间。比赛时，朗读者手持写有和歌上句的“读牌”，而将写有和歌下句的“抢牌”置于榻榻米上。当朗读者读出上句时，参赛者争先恐后地将写有这首和歌下句的纸牌抢到手。最后，以抢到纸牌的数量来决定胜负。

「浮《うき》世《よ》絵《え》」

「浮《うき》世《よ》」，也写作「憂《う》き世《よ》」，浮生若梦，充满忧愁之意。浮世绘宣扬及时行乐的生活方式，表现男欢女爱的社会风俗，是江户时代极具庶民性的木刻彩印版画，色彩艳丽，构图大胆。主要题材有美人画、歌舞伎、花鸟、风景等。早期浮世绘是用毛笔绘制的大型屏风画等，后来出现了小型的美人画与风俗画。浮世绘从单一的黑色绘画作品，逐渐发展成色彩丰富的套色木刻。

1592 年与 1597 年，丰臣秀吉两次入侵朝鲜都大败而归。日军最大的收获是将来自中国的印刷技术带回了日本。我国的印刷术传入欧洲后，耶稣会天主教传教士也几乎就在同时，将来自丝绸之路的印刷机带到日本，目的是为了印刷日文版《圣经》。日本结束了手抄本时代，迎来印刷文明的新浪潮。从镰仓时代起，平民教育机构「寺《てら》子《こ》屋《や》」兴起，寺院成为平民学校。江户时代，寺子屋普及到农村。农家子弟也可以免费学习读书、写字、打算盘。日本历来国土狭窄，土地资源匮乏，江户时代实行长男继承权。土地由长子一人继承，其余男孩大都被送到城市的商店或手工作坊当学徒，他们很快便能融入市民阶层的文化消费群体。

歌舞伎是具有庶民性的戏剧艺术，江户初期由出云大社的巫女阿国所开创。能乐剧诞生于稍早一些的室町幕府时代，是一种诗歌舞蹈剧，贵族与武士的戏剧艺术。净琉璃剧，也叫文乐，是一种木偶戏，起源于我国的傀儡戏。江户时代，被誉为东方莎士比亚的戏剧作家近松门左卫门（1653–1724）应运而生。

三大戏剧争奇斗艳，浮世草子等小说大量印刷，色彩斑斓的浮世绘装点着千家万户，江户的文化市场迎来了繁花似锦的春天。

这时，还有精美的日本瓷器远销欧美，往往用浮世绘做包装纸与填充物。浮世绘不经意之间传遍欧洲，在美术界引起轰动，影响了马奈、莫奈、塞尚、梵高等印象派画家的画风与技巧。

明治 43 年（1910 年），年轻的白桦派作家在创刊当年的 11 月份，发行了《白桦》杂志“罗丹专辑”。他们给法国雕塑家罗丹邮寄了这期杂志和 30 幅浮世绘作品。这让罗丹大为惊喜。半年后，白桦派作家们收到了罗丹回赠的三尊青铜雕塑作品。《罗丹夫人头像》（「ロダン夫人」）、《巴黎流浪汉头像》（「巴里ゴロツキの首」）、《小人物的身影》（「或る小さき影」），现藏于日本大原美术馆（冈山县仓敷市）。

浮世绘画家菱川师宣父子，创造了菱川派浮世绘。鸟居清信与鸟居清倍开始表现歌舞伎中的舞台人物形象，后来又有怀月堂派的美人画独领风骚。浮世绘的真正成熟是在明和到宽政年间（1764–1801）。这时期涌现出一大批深受欢迎的浮世绘大家，如铃木春信、胜川春章、鸟居清长、喜多川歌麿等。加之“兰学”（西洋科学），包括人体解剖学的传入，使浮世绘取得划时代之进步，画风变得更加写实。从铃木春信开始，浮世绘之色彩更加鲜艳丰富，线条更加柔和成熟。

后期浮世绘的代表是江户中期形成的歌川派。这是以歌川丰春（1735–1814）为开祖的最为声势浩大的浮世绘画派。歌川国芳（1797–1861）、歌川广重（1797–1858）、歌川丰国（1769–1825）是本书《小仓百人一首》浮世绘珍藏版的绘制者。歌川派代表着江户时代浮世绘的最高水平。

《小仓拟百人一首》

大约 19 世纪，江户日本桥舟木町的出版商“伊场仙”策划出版了《小仓拟百人一首》浮世绘。“伊场仙”原来只生产优质的竹器与日本纸，供应德川将军家使用，后来又涉足出版业，并将大量印刷的浮世绘用于团扇生产，至今仍然畅销国内外，这家有 400 多年历史的老字号今天依然在营业。

《小仓拟百人一首》画面上部是《百人一首》和歌，画面主要部分描绘的是当时流行文化中家喻户晓的歌舞伎人物与历史小说中的人物，其中也有中国古典文学作品中的关羽、鲁智深。

歌川国芳等浮世绘大师将自己的作品与《小仓百人一首》融为一体，一来是回顾与追寻日本文化艺术的源头，二来是借此登上当代流行文化的潮头，推销自己的浮世绘作品。

《小仓拟百人一首》的每一幅浮世绘上，都有流行戏作小说作家柳下亭种员（1807–1858）的题记。

第一幅浮世绘题记：牛若丸远赴奥羽，途中投宿于三河国富豪矢矧（shěn）之家，与主人之女净琉璃姬琴瑟相和，互生爱慕，世人皆知也。

牛若丸（源义经）是深受日本民众喜爱和同情的传奇历史人物，失败的英雄。他功高盖主，死于兄长源赖朝之手。源义经心怀大志，斩断儿女情长，毅然离开三河国，继续东行，不久身患重病，倒卧荒野，露水湿透衣衫。是净琉璃姬及时赶到，用爱情的力量使他起死回生。

《小仓百人一首》第一首的天智天皇悯农诗中有“夜半湿衣袖，瀼瀼冷露濡”，令人联想到荒郊之上，浑身沾满露水的牛若丸。

第十五幅浮世绘题记：木曾义仲（源义仲）与平家大战之际，阵前患病。巴夫人在军中闻此消息，鞭打骏马，四蹄溅起积雪，奔赴义仲军帐。平家军畏惧巴夫人威猛之势，竟无人敢来阻拦。

巴夫人是源义仲之爱妾，武勇过人，犹如我国之穆桂英、樊梨花。后来，源义仲被困琵琶湖畔，自杀前催促她尽快离开。巴夫人含泪孤身杀出重围，直奔东国而去。

《小仓百人一首》第十五首，光孝天皇和歌：“犹见白双袖，飘飘大雪扬”。光孝天皇在大雪中采摘据说能消灾除病的春天七草，献给心上人。无异于巴夫人在大雪中直奔源义仲身边的一片真情。

《小仓拟百人一首》为江户时代的町人文化添上了浓墨重彩的一笔，将日本文学艺术史贯穿起来：雄浑朴实的万叶之风，平安贵族的感伤喟叹，镰仓时代没落贵族的回光返照与武士的刚毅新风，再加上江户时代的流行文化与中国通俗小说等，构成了一条日本文学艺术的完整脉络，从青春期到成熟期、壮年期，直到江户幕府的全民狂欢时代，都历历在目。

今天，当年伊场仙印制的浮世绘，已成为大英博物馆、波士顿美术馆、大都会美术馆、梵高美术馆收藏的珍品。

刘德润 2018 年春

目录

ひゃくにんいっしゅ

小倉
百人一首

ひゃくにんいっしゅ

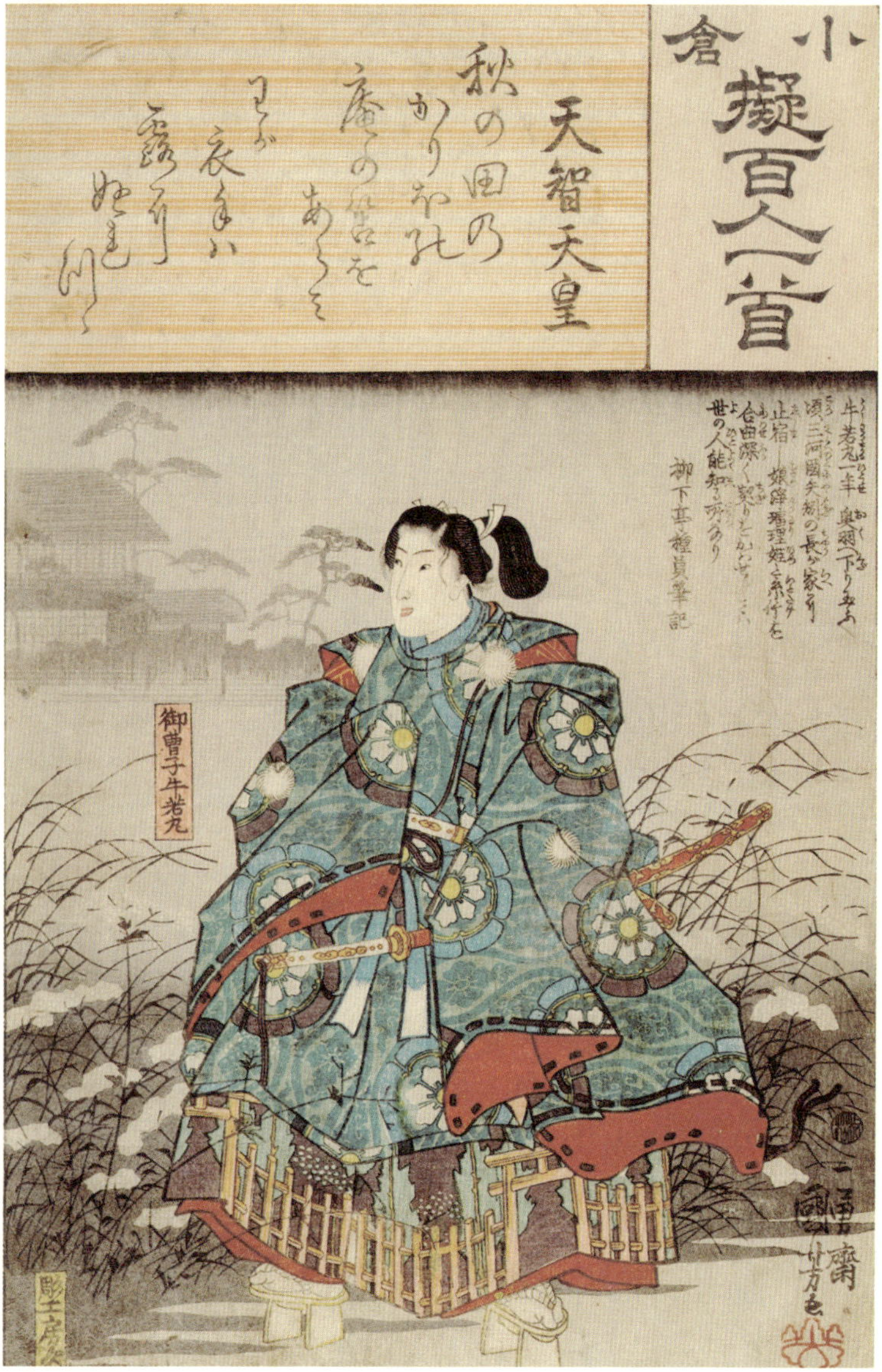

001 | 天智天皇

001

天智天皇

小倉
百人一首
ひゃくにんいっしゅ

秋来田野上
且宿陋茅庵
夜半湿衣袖
瀼瀼冷露霑

秋の田の
かりほの庵の
苫をあらみ
わが衣手は
露にぬれつつ

田野上秋夜的
冷露与寂静

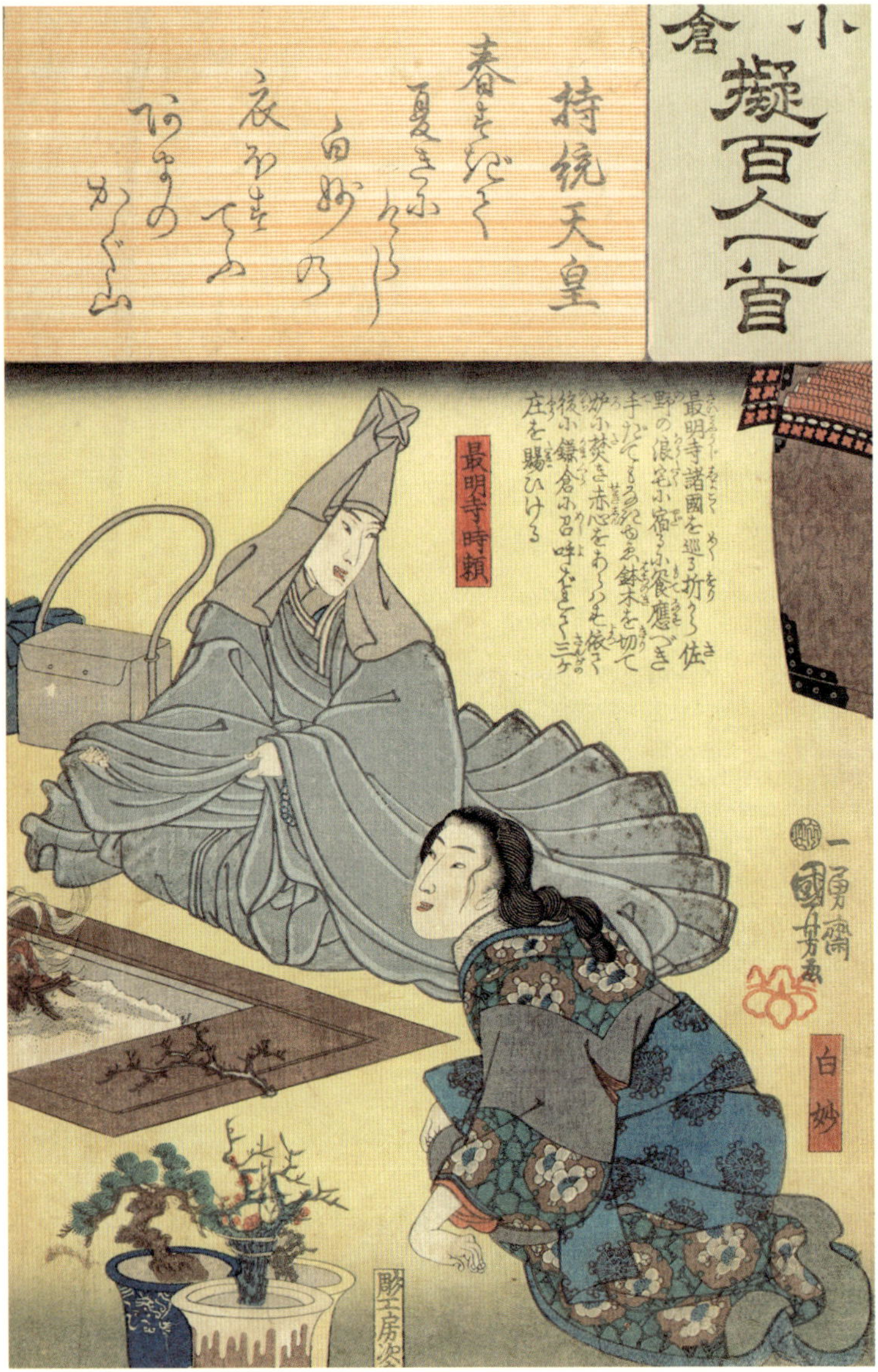
小倉擬百人一首
持統天皇
最明寺時頼
白妙
一勇斎國芳画

002

持統天皇

小倉
百人一首
ひゃくにんいっしゅ

春尽夏已到
翠微香久山
满眼白光耀
闻说晒衣衫

春過ぎて
夏来にけらし
白妙の
衣ほすてふ
天の香久山

初夏的浪漫，
白与绿的对比

小倉擬百人一首

柿本人麿

あし引の
山どりの尾の
志だりをの
ながゝ\しよを
ひとりかも
ねん

加賀千代

彫工房次郎

一勇齋國芳画

003 ｜ 柿本人麿

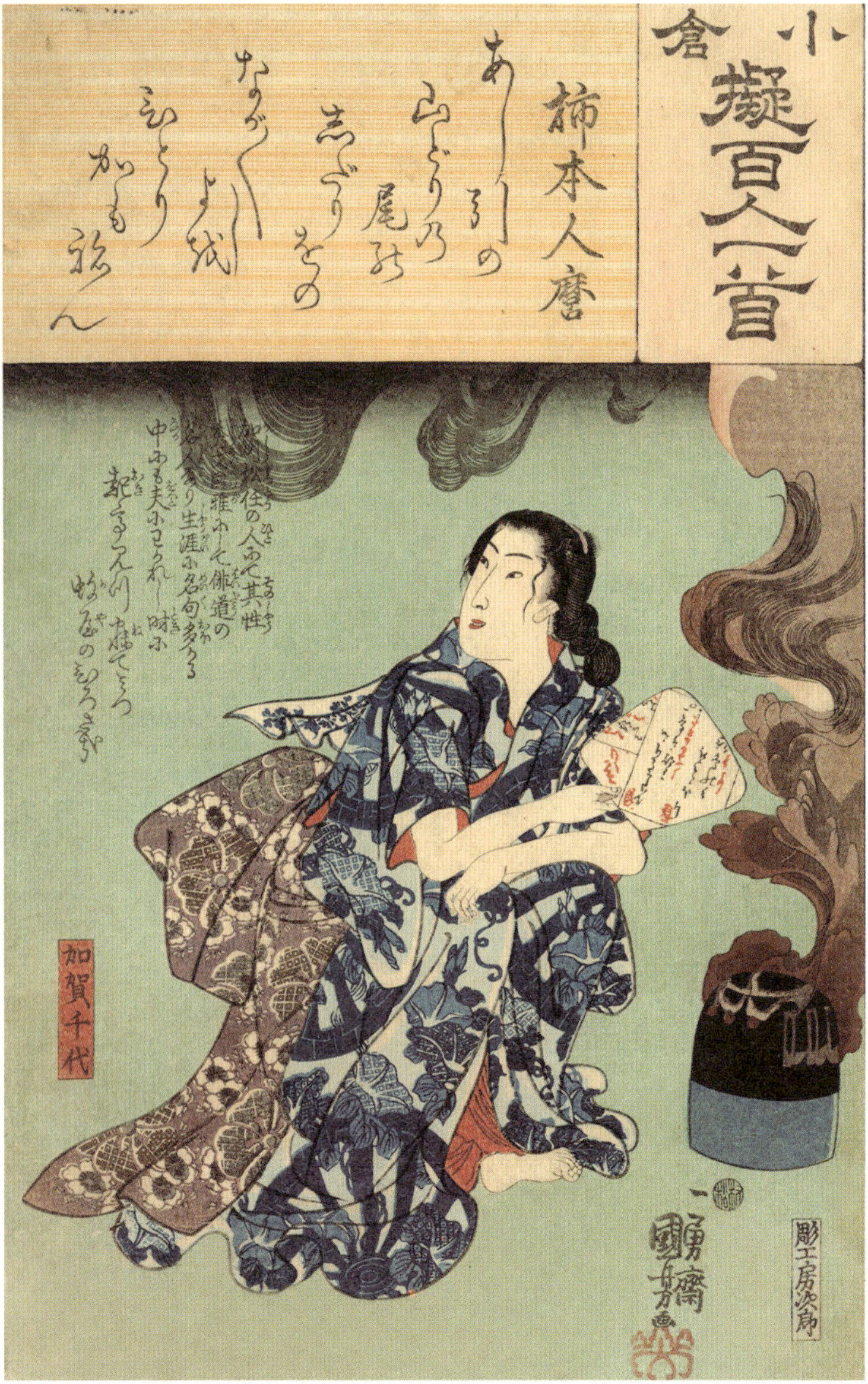

003

柿本人麻呂

小倉百人一首《ひゃくにんいっしゅ》

野雉深山里

尾垂与地连

漫漫秋夜冷

只恐又独眠

あしびきの
山鳥の尾の
しだり尾の
長長し夜を
ひとりかも寝む

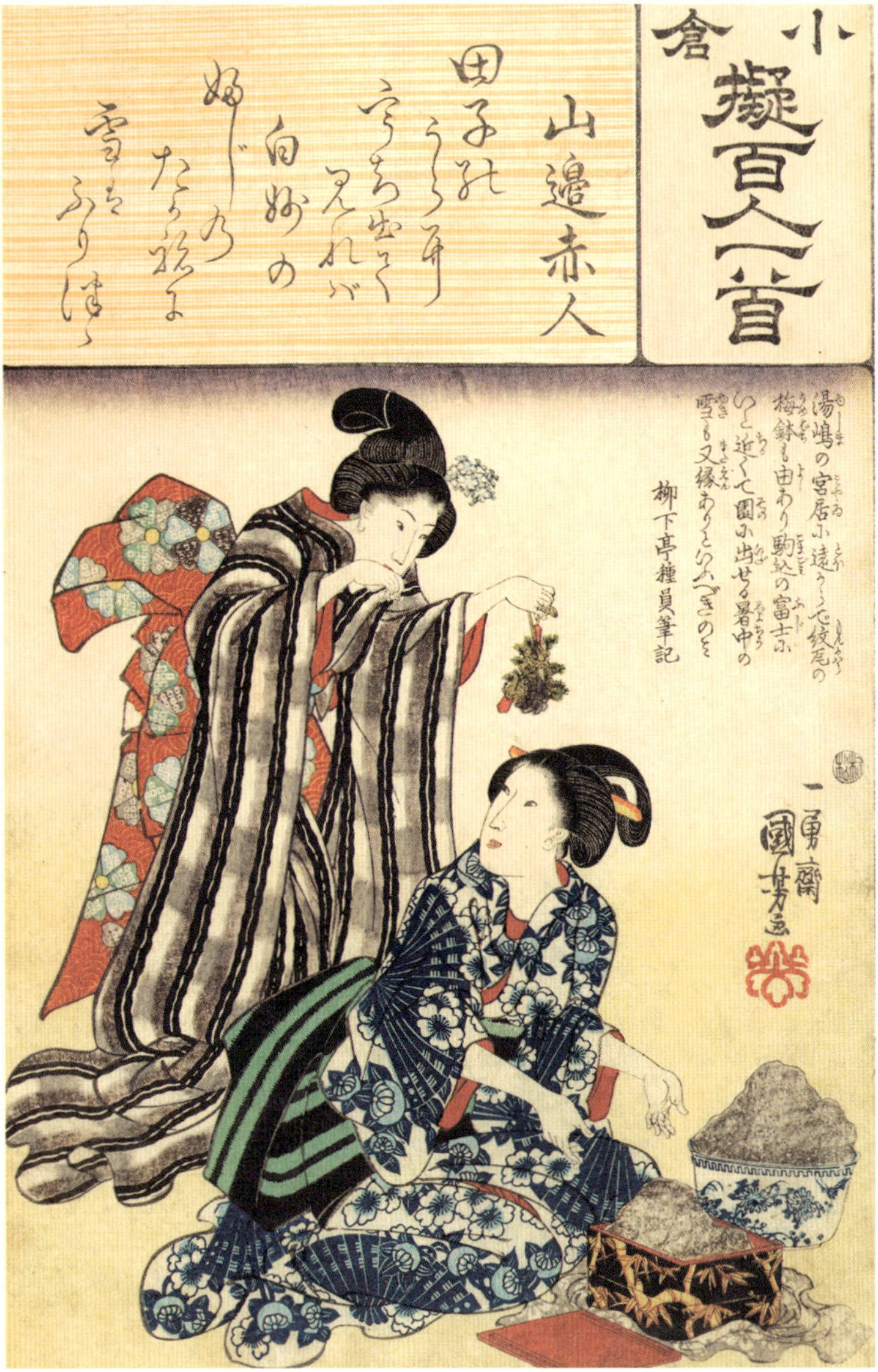

004 ｜ 山部赤人

004

山部赤人

我到田子浦
远瞻富士山
纷纷扬大雪
纨素罩峰巅

田子の浦に
うち出でて見れば
白妙の
富士の高嶺に
雪は降りつつ

银装素裹的富士山

猿丸大夫

奥山に
もみぢ
ふみ分け
なく鹿の
声きく
ときぞ
秋は
かなしき

曹我箱王丸

一勇齋
國芳画

彫竹

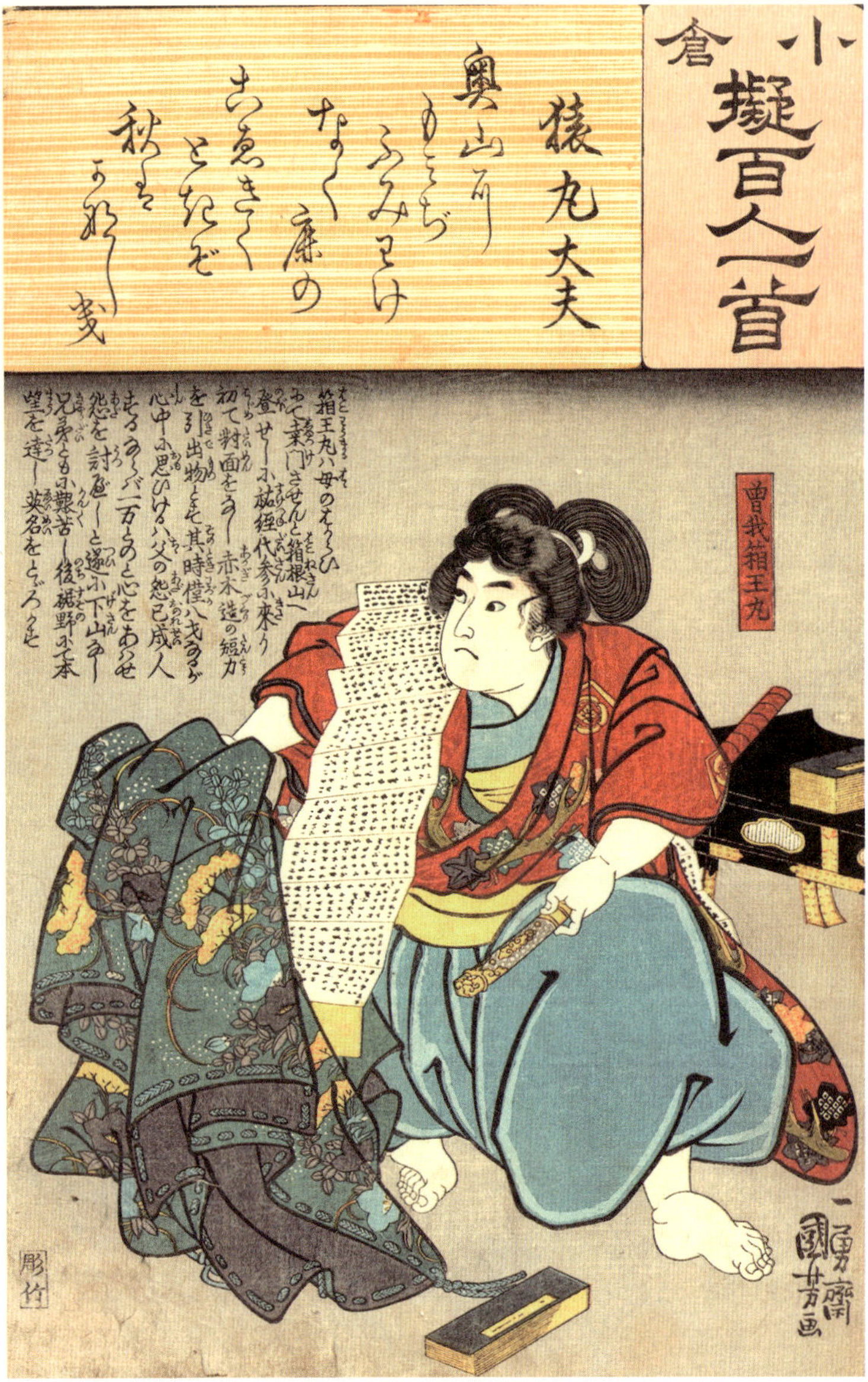

005

猿丸大夫

小倉
百人一首《ひゃくにんいっしゅ》

有鹿踏红叶
深山独自游
呦呦鸣不止
此刻最悲秋

奥山に
紅葉踏み分け
鳴く鹿の
声聞く時ぞ
秋は悲しき

秋天里华丽而静寂的美感

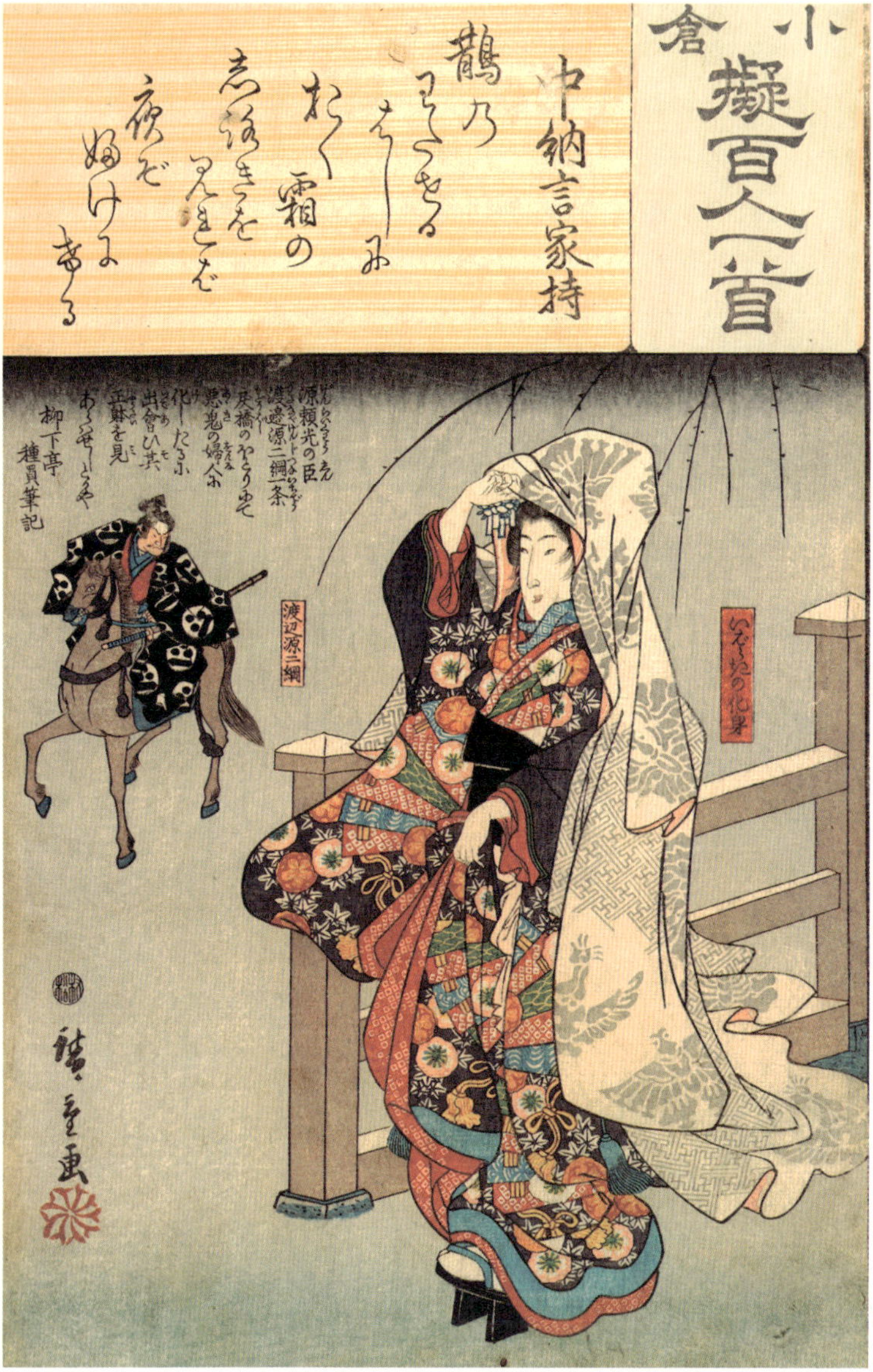
小倉擬百人一首
中納言家持
源頼光の臣
渡邊源二綱一条
戻橋のほとりにて
悪鬼の婦人に
化したるに
出會ひ其
手腕を見
柳下亭
種員筆記
渡辺源二綱

006

大伴家持

鵲の
渡せる橋に
置く霜の
白きを見れば
夜ぞ更けにける

渺渺天河阔
皎皎鹊翅长
夜阑一片白
已是满桥霜

小倉擬百人一首
安陪仲麿
江州高嶋佐々木の家臣父山左エ門を同藩不破
伴左エ門に討れ浮浪の後患苦の
嶋原上林の葛城太夫が貞節によりて朱雀野の
堤にて敵を討しとぞ
柳下亭種員筆記
名古屋山三郎
一勇齋國芳画
彫竹

007 阿倍仲麻呂

长空极目处
万里一婵娟
故国春日野
月出三笠山

天の原
ふりさけ見れば
春日なる
三笠の山に
出でし月かも

遣唐使的望乡之思

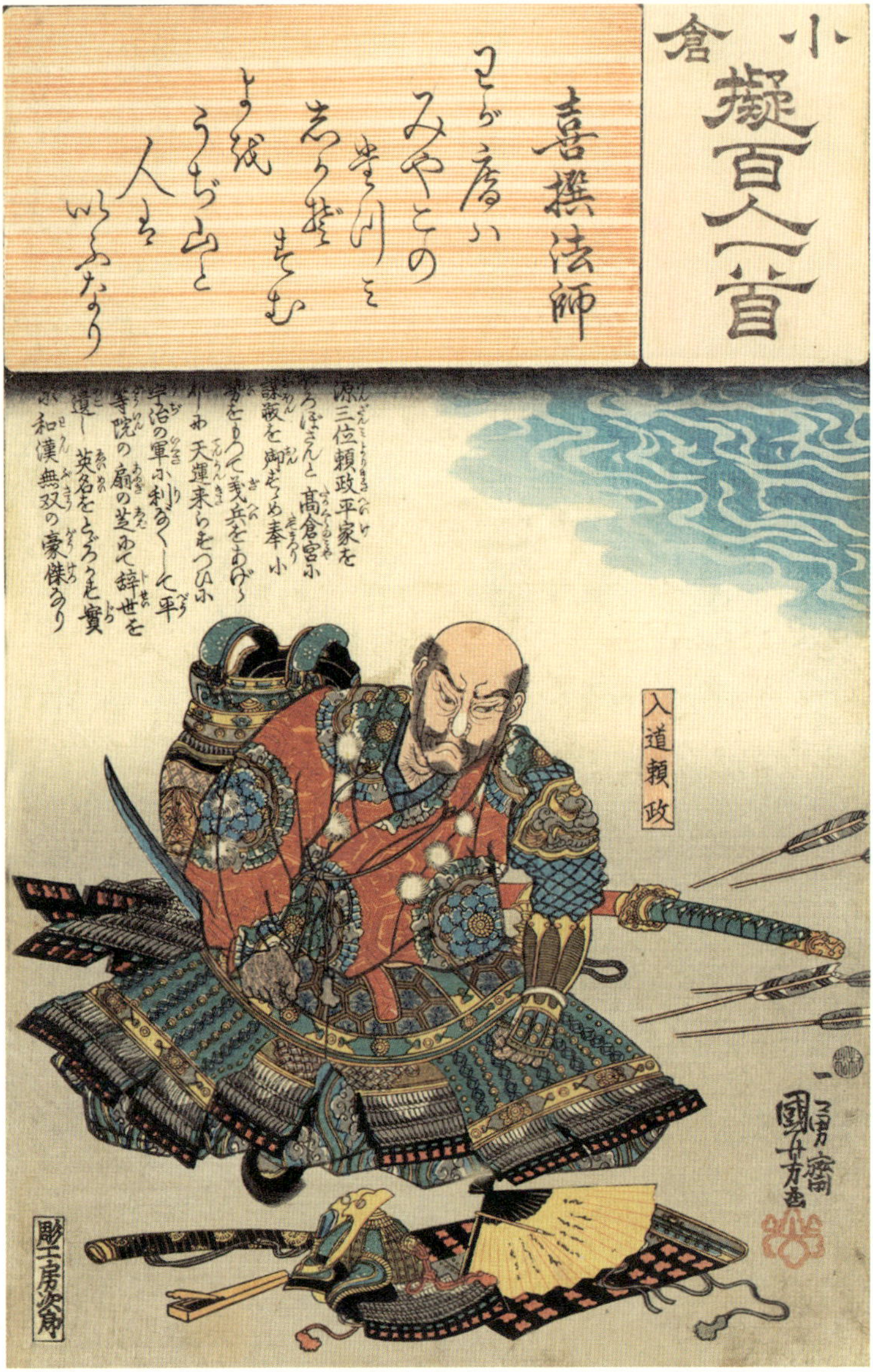
小倉擬百人一首
喜撰法師
入道頼政

008

喜撰法師

小倉百人一首

ひゃくにんいっしゅ

我住皇都外
东南结草庵
幽深人不解
反谓忧愁山

わが庵は
都のたつみ
しかぞ住む
世をうぢ山と
人はいふなり

悠然自得的
隐居生活

小倉擬百人一首
小野小町
園部左衛門
柳下亭種員筆記

009

小野小町

忧思逢苦雨

人世叹徒然

春色无暇赏

奈何花已残

花の色は
移りにけりな
いたづらに
わが身世にふる
ながめせし間に

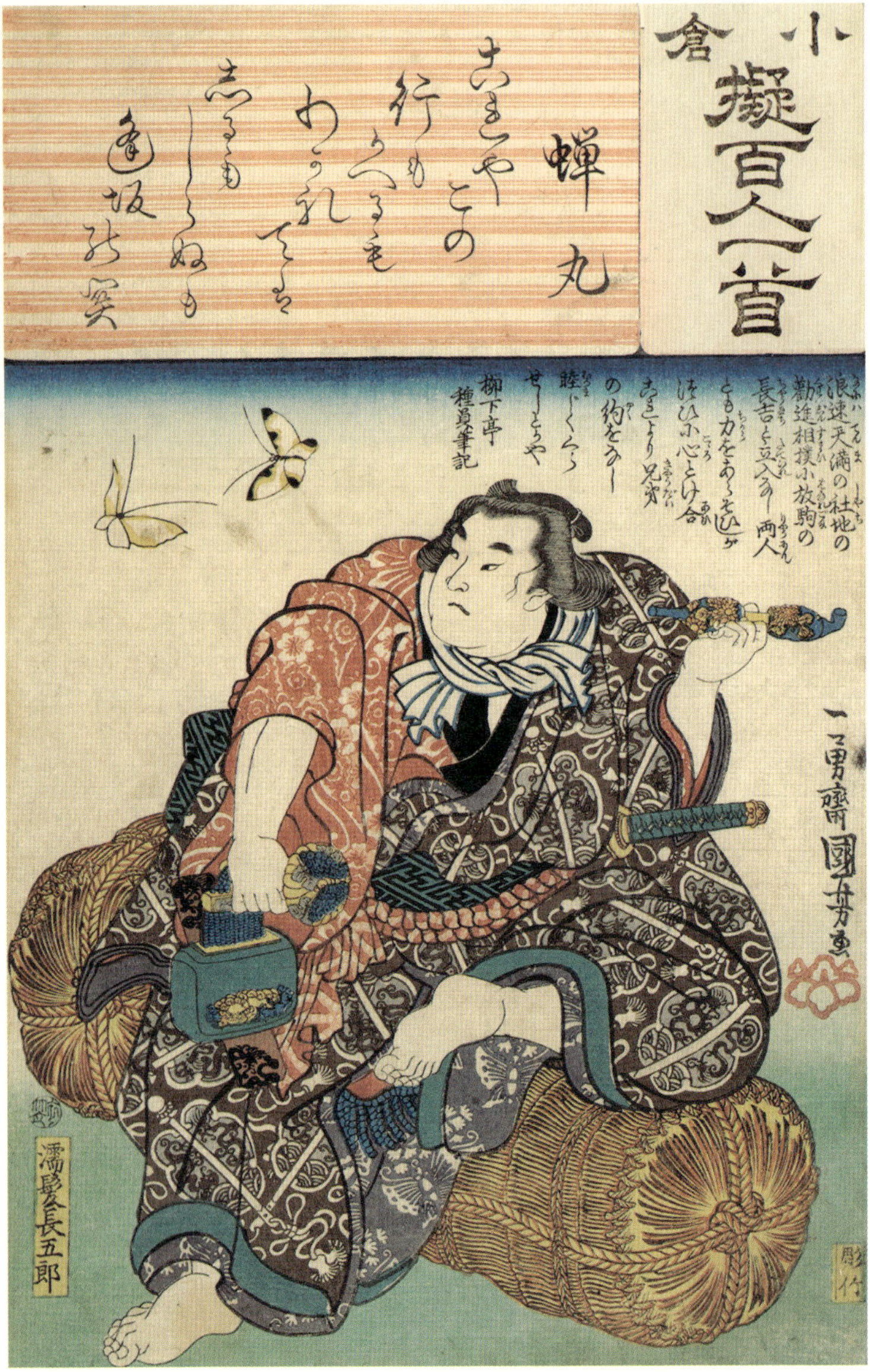

010 | 蝉丸

010

蝉丸

远去与相送
离情此地同
亲朋萍水客
逢坂关前逢

これやこの
行くも帰るも
別れては
知るも知らぬも
逢坂の関

平静地旁观人世的
悲欢离合

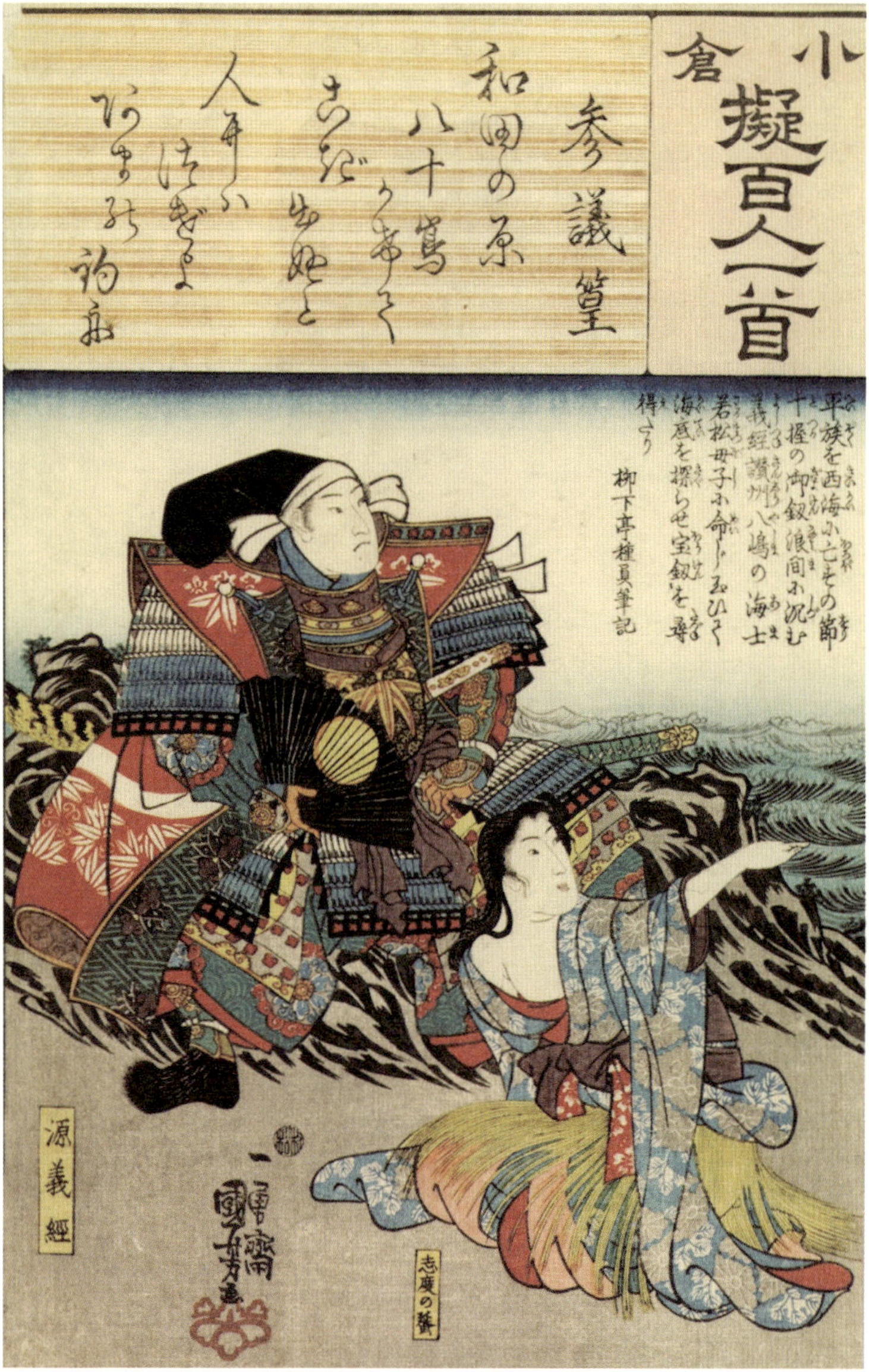

小倉擬百人一首

参議篁

和田の原
八十嶋かけて
こぎ出ぬと
人にはつげよ
あまのつり舟

平族を西海ふ攻めその節
十讃の御錢進間ふ沈む
義経讃州八嶋の海士
若松母子ふ命ふをひく
海底を探らせ寶錢を尋
得らう

柳下亭種員筆記

源義經

一曹齋
國芳画

志度の浦

22

011 │ 参議篁（小野篁）

011

参議篁（小野篁）

大海迷茫处
船行百岛间
乡关告父老
拜请钓鱼船

わたの原
八十島かけて
漕ぎ出でぬと
人には告げよ
あまの釣船

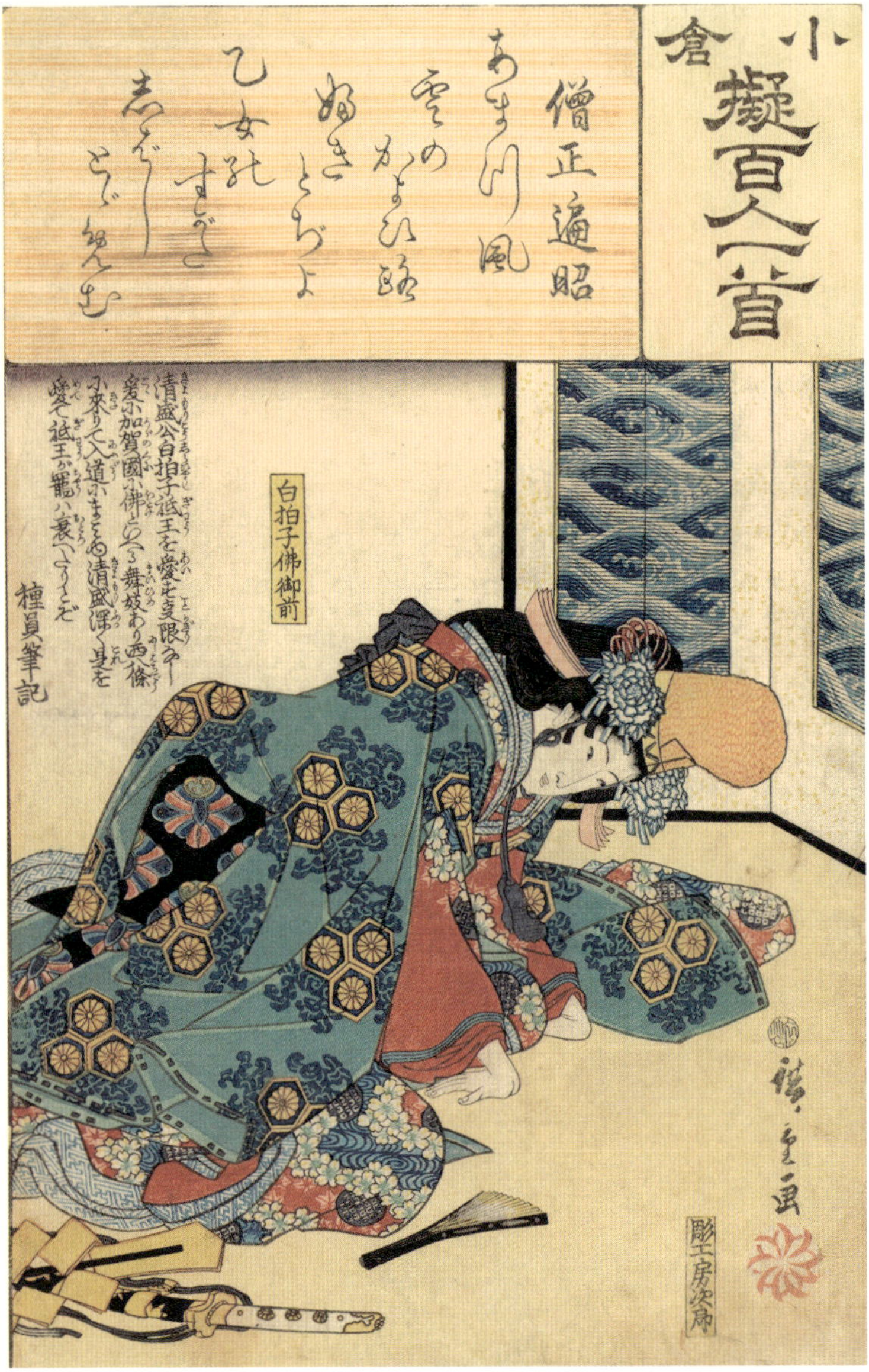
小倉擬百人一首
僧正遍昭
白拍子佛御前
種員筆記
廣重画
彫工房次郎

012

僧正遍昭

浩荡天风起
云中路莫开
仙姬留碧落
倩影暂徘徊

天つ風
雲の通ひ路
吹き閉ぢよ
をとめの姿
しばしとどめむ

构思巧妙的
幻想曲

小倉擬百人一首
陽成院
鬼若丸

013

陽成院

小倉
百人一首《ひゃくにんいっしゅ》

仰望筑波岭
飞泉落九天
相思积岁月
早已化深潭

筑波嶺の
峰より落つる
みなの川
恋ぞつもりて
淵となりぬる

潭水般深沉的
相思之情

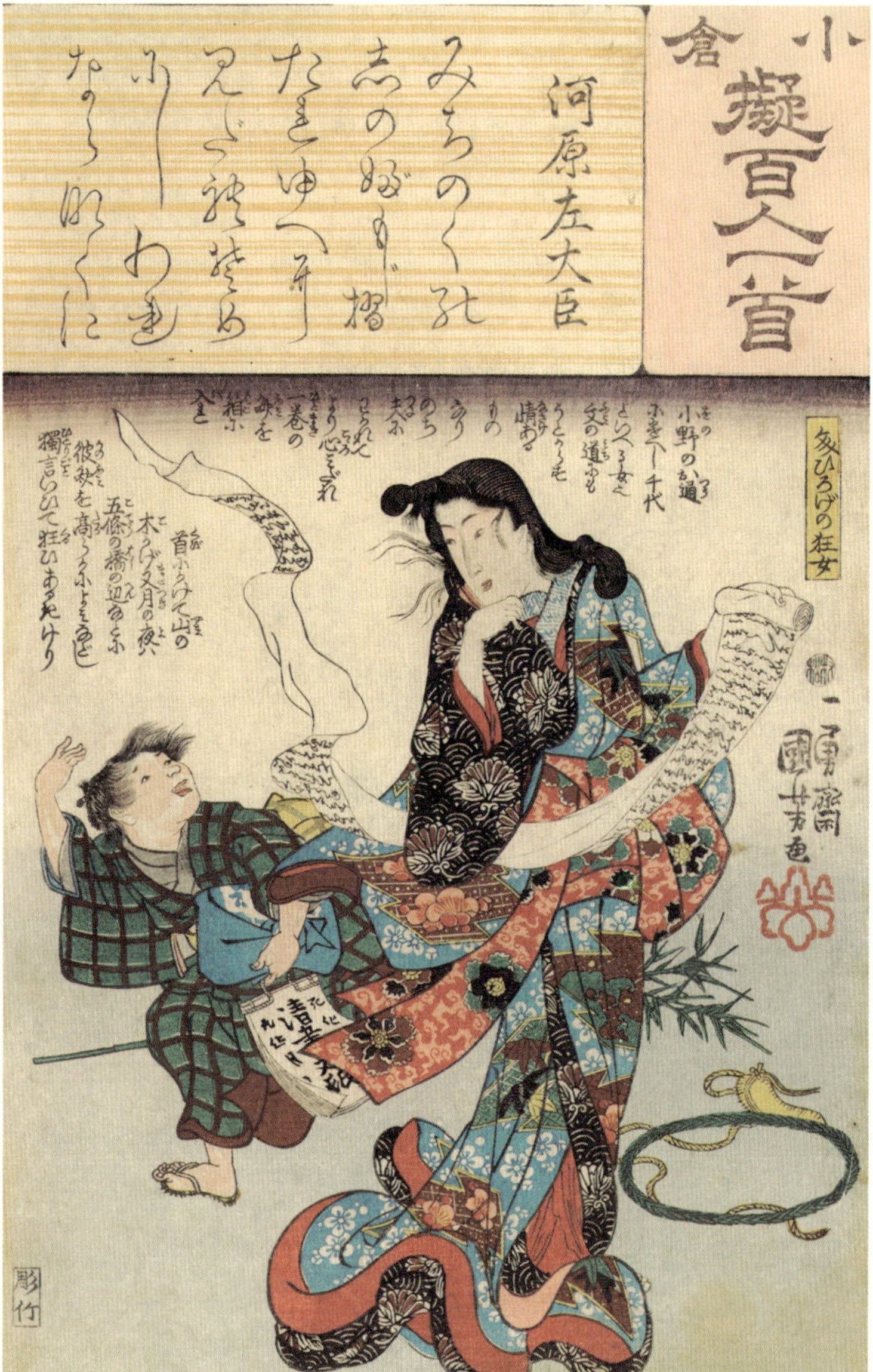

014 | 河原左大臣（源融）

014

河原左大臣（源融）

小倉百人一首

ひゃくにんいっしゅ

纷纷心绪乱

皱似信夫绢

若不与卿识

为谁珠泪潸

陸奥の
しのぶもぢずり
誰ゆゑに
乱れそめにし
我ならなくに

我为你心乱如麻

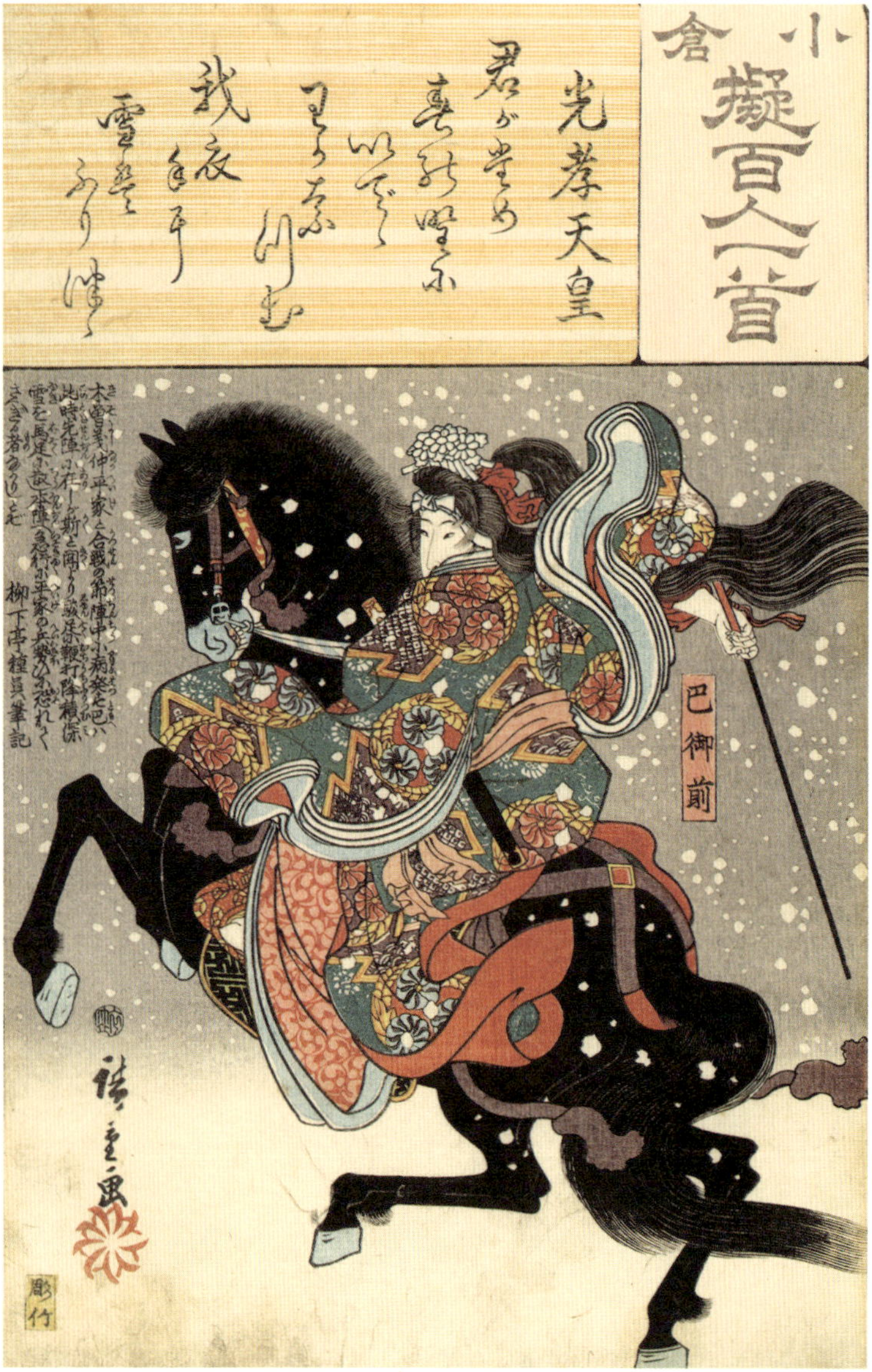
小倉擬百人一首
光孝天皇
巴御前

015

光孝天皇

原上采春芽
只为献君尝
犹见白双袖
飘飘大雪扬

君がため
春の野に出でて
若菜つむ
わが衣手に
雪は降りつつ

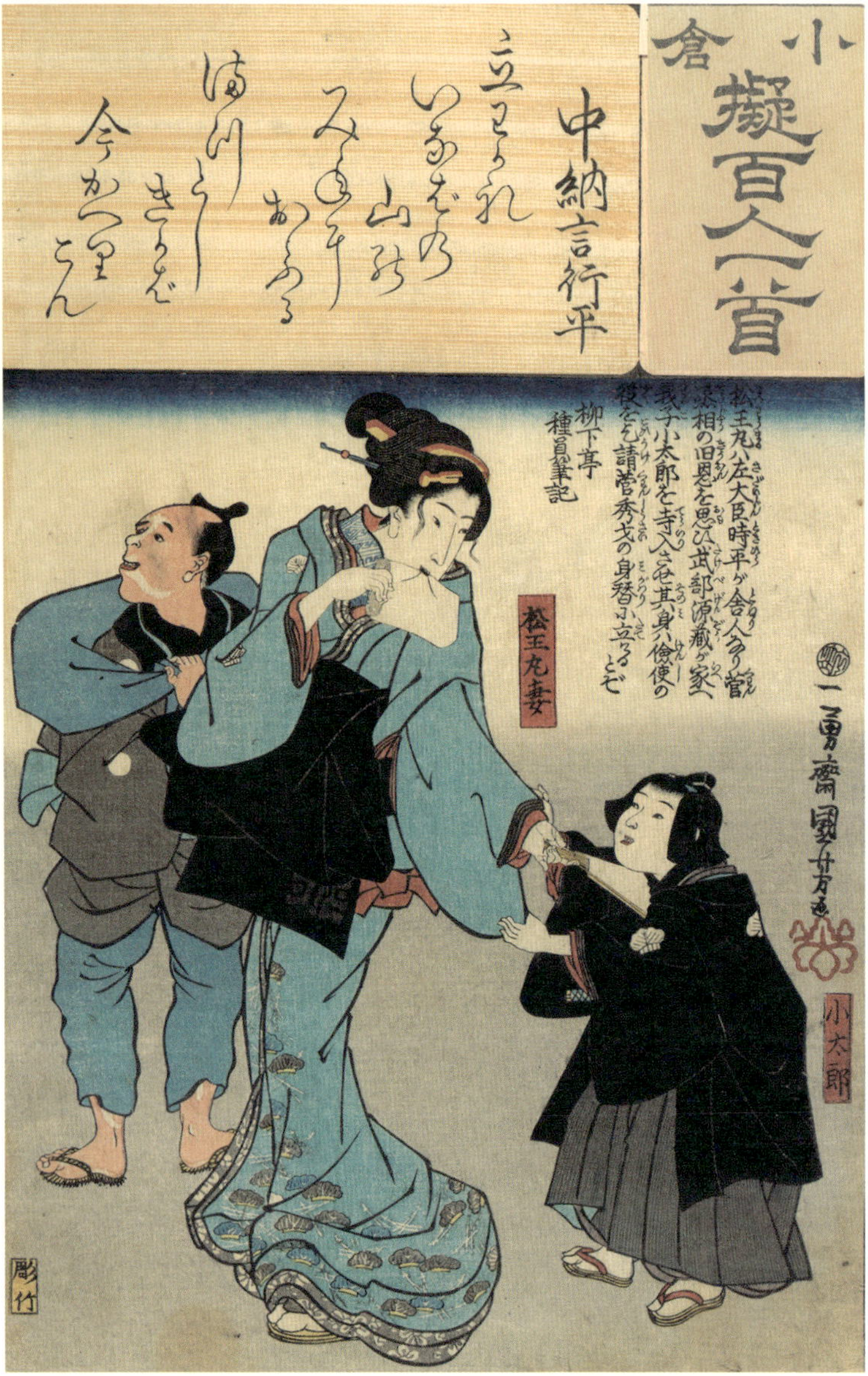

016 ｜ 中納言行平（在原行平）

016

中納言行平（在原行平）

小倉
百人一首《ひゃくにんいっしゅ》

我下因幡道
松涛闻满山
诸君劳久候
几欲再回还

立ち別れ
いなばの山の
峰に生ふる
まつとし聞かば
今帰り来む

对亲友的
惜别之情

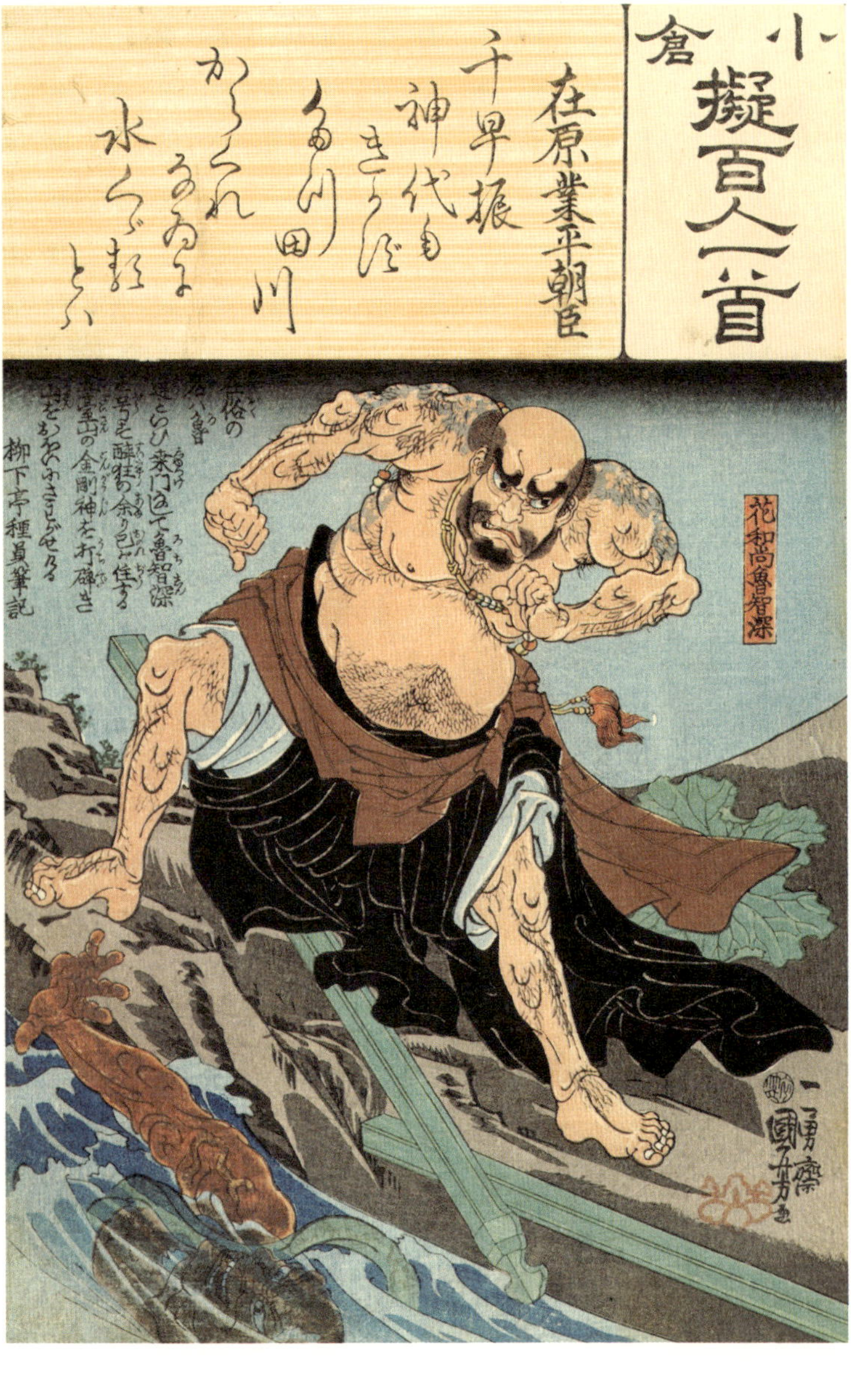

017 | 在原業平

017

在原業平

小倉
百人一首《ひゃくにんいっしゅ》

ちはやぶる
神代も聞かず
竜田川
からくれなゐに
水くくるとは

悠悠神代事
黯黯不曾闻
枫染龙田川
潺潺流水深

奇妙而华美的
造化之功

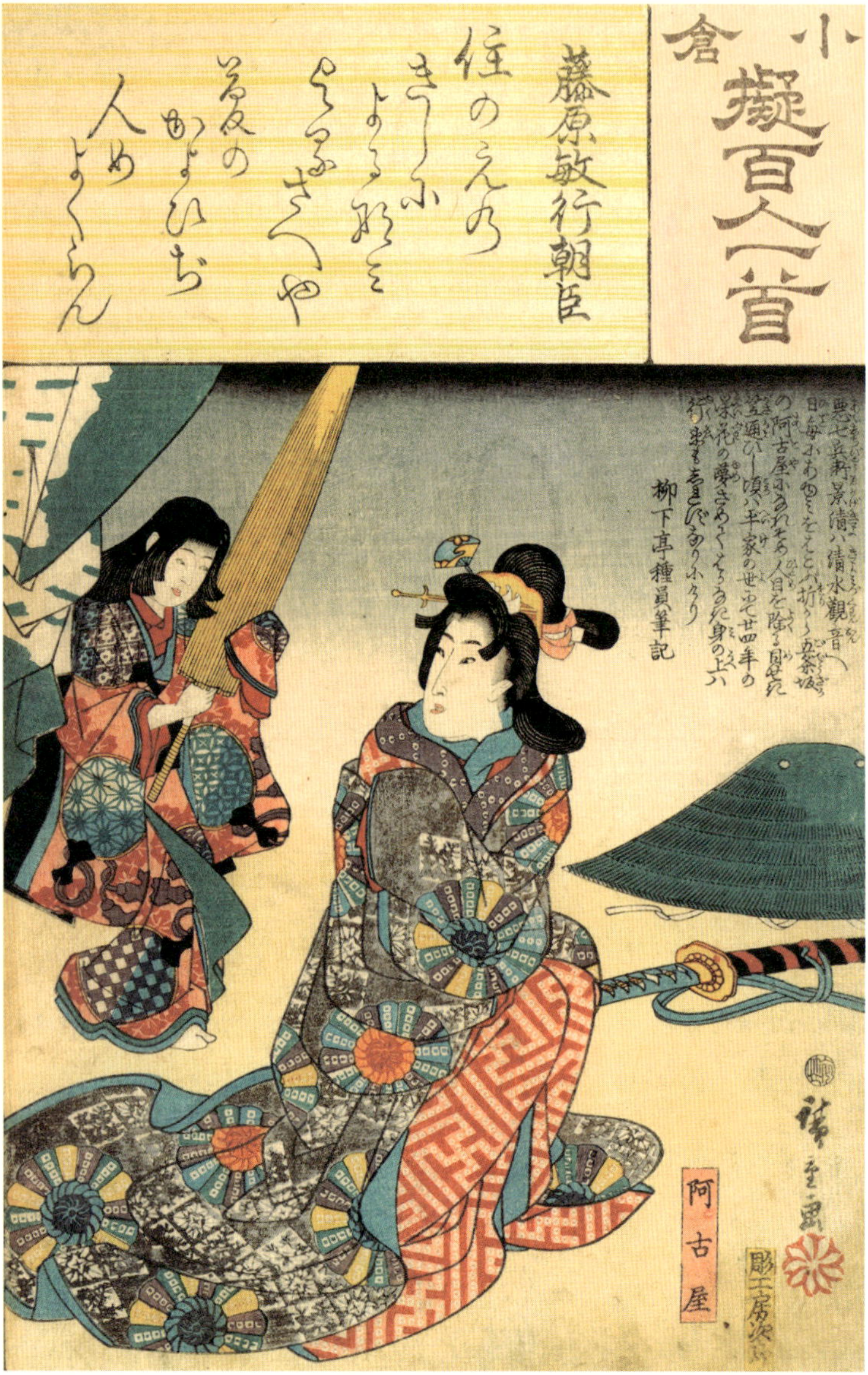
小倉擬百人一首
藤原敏行朝臣
柳下亭種員筆記
阿古屋
彫工房次

○

018

藤原敏行

小倉
百人一首《ひゃくにんいっしゅ》

浪涌住江岸
更深夜静时
相逢唯梦里
犹恐被人知

住の江の
岸による波
よるさへや
夢の通ひ路
人目よくらむ

隐藏在心中的
爱恋之苦

019 | 伊勢

019

伊勢

難波潟
短き葦の
ふしの間も
逢はでこの世を
過ぐしてよとや

短短芦苇节
难波满海滩
相逢无片刻
只叹命将残

对冷淡男人的怨恨

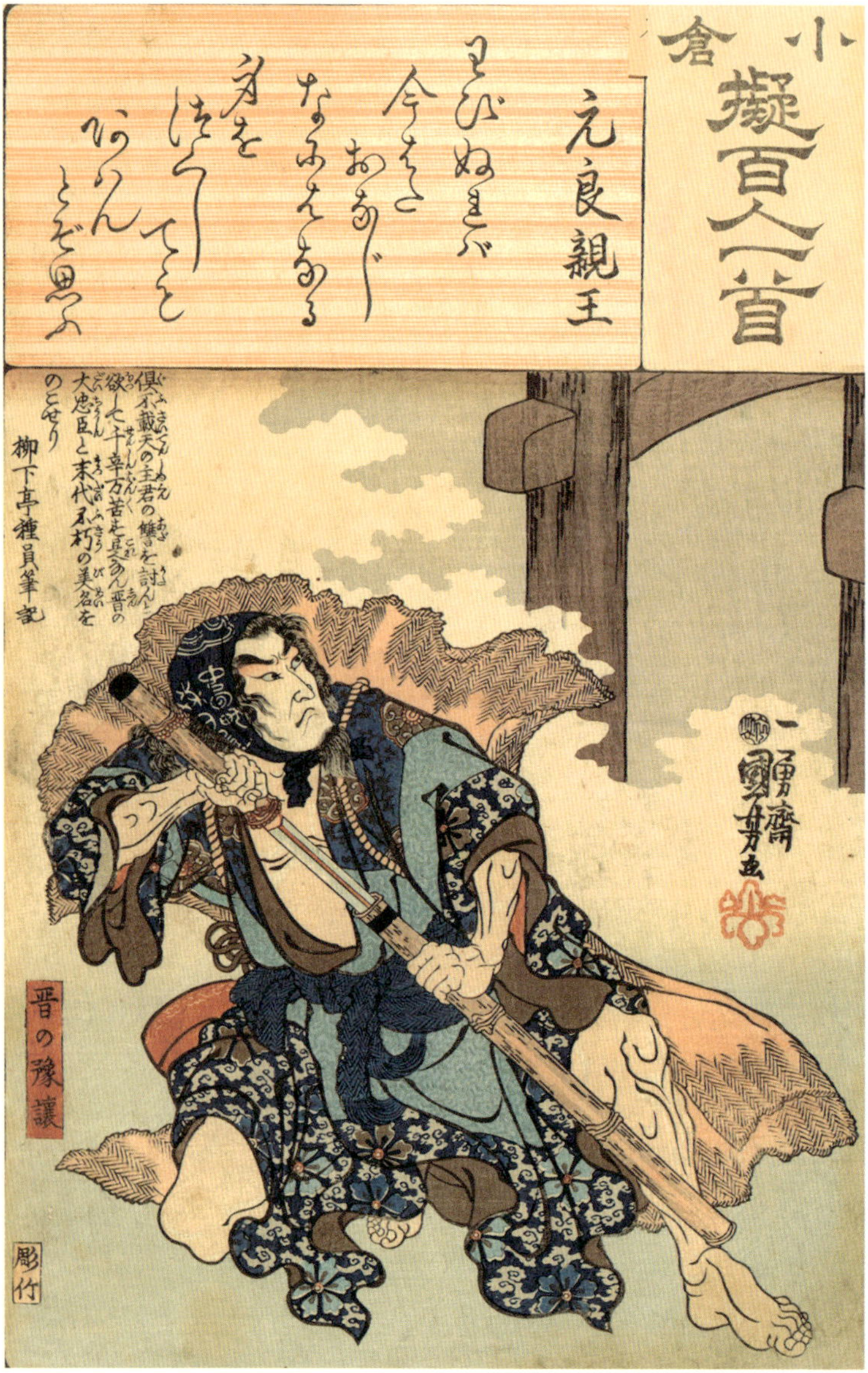
小倉擬百人一首
元良親王
わびぬれば今はたおなじなにはなる身をつくしてもあはんとぞ思ふ
倶不戴天《ぐふたいてん》の主君の讎《あだ》を討《うた》んと欲し千辛万苦を是とせん晋の大忠臣と末代不朽の美名をのこせり
柳下亭種員筆記
晋の豫譲
一勇齋國芳画
彫竹

020

元良親王

两处相思苦
风雨早满城
舍身终不悔
犹盼与君逢

わびぬれば
今はた同じ
難波なる
みをつくしても
逢はむとぞ思ふ

为爱甘愿献身的激情

素性法師

今こんと
いひしばかりに
長月の
ありあけの月を
まち出でつるかな

信夫惣太

梅若丸

彫工房次郎

柳下亭種員筆記

021 ｜ 素性法師

021 ○

素性法師

小倉百人一首

ひゃくにんいっしゅ

夜夜盼君到
不知秋已深
相约定不忘
又待月西沉

今来むと
言ひしばかりに
長月の
有り明けの月を
待ち出でつるかな

对冷淡男子的怨言

小倉擬百人一首
文屋康秀
典侍の局
安徳天皇
彫竹

022

文屋康秀

枯焦怜草木
落叶逐飞蓬
瑟瑟山风起
世人谓槁风

吹くからに
秋の草木の
しをるれば
むべ山風を
嵐といふらむ

023 | 大江千里

023

大江千里

小倉
百人一首

ひゃくにんいっしゅ

举目望明月
千愁萦我心
秋光来万里
岂独照一人

月見れば
千々に物こそ
悲しけれ
わが身ひとつの
秋にはあらねど

望月时陷入
孤独的悲哀

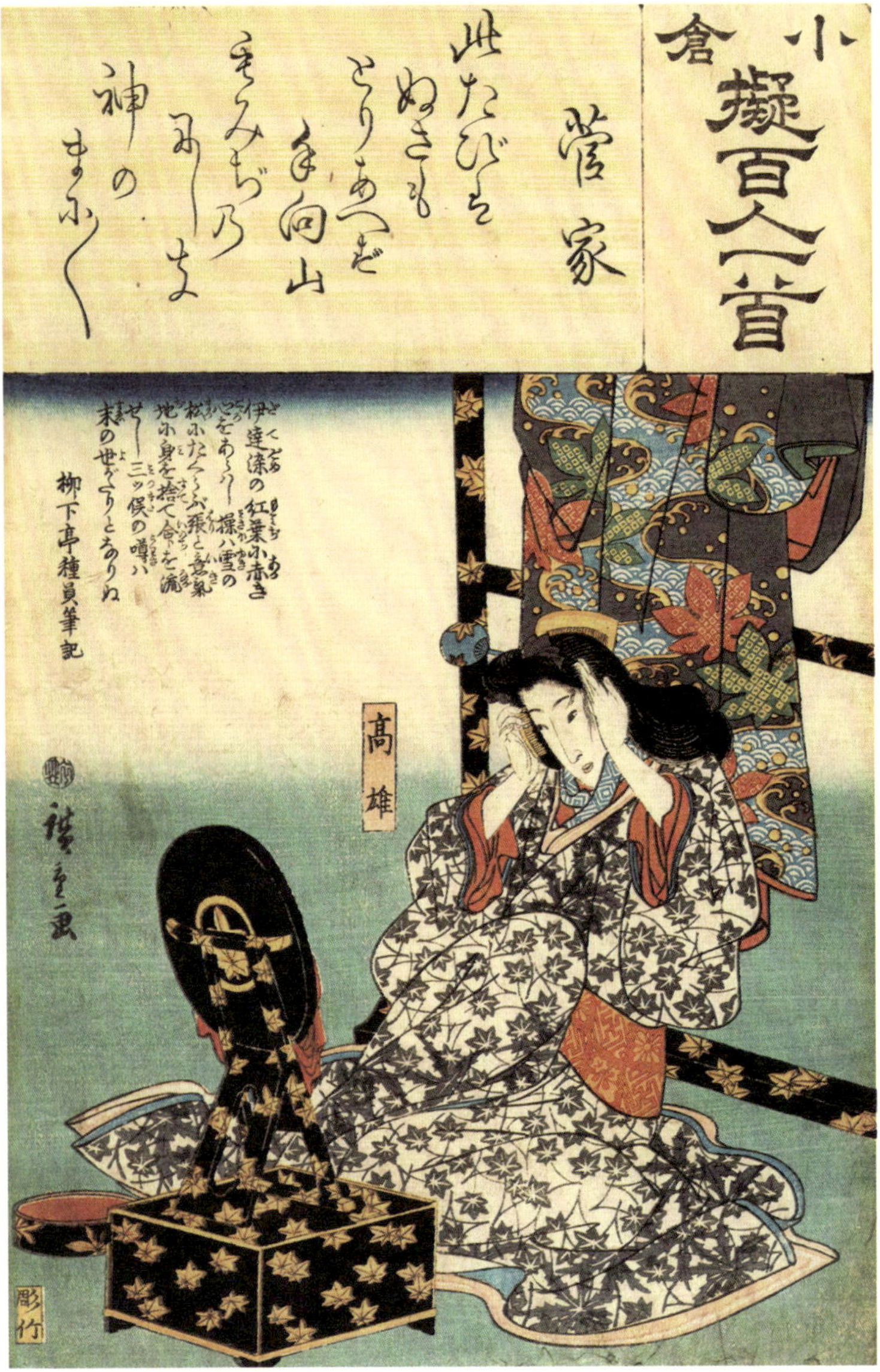

024 丨 菅家（菅原道真）

024

菅家（菅原道真）

このたびは
幣もとりあへず
手向山
紅葉の錦
神のまにまに

币帛未曾带
匆匆羁旅程
满山枫似锦
权可献神灵

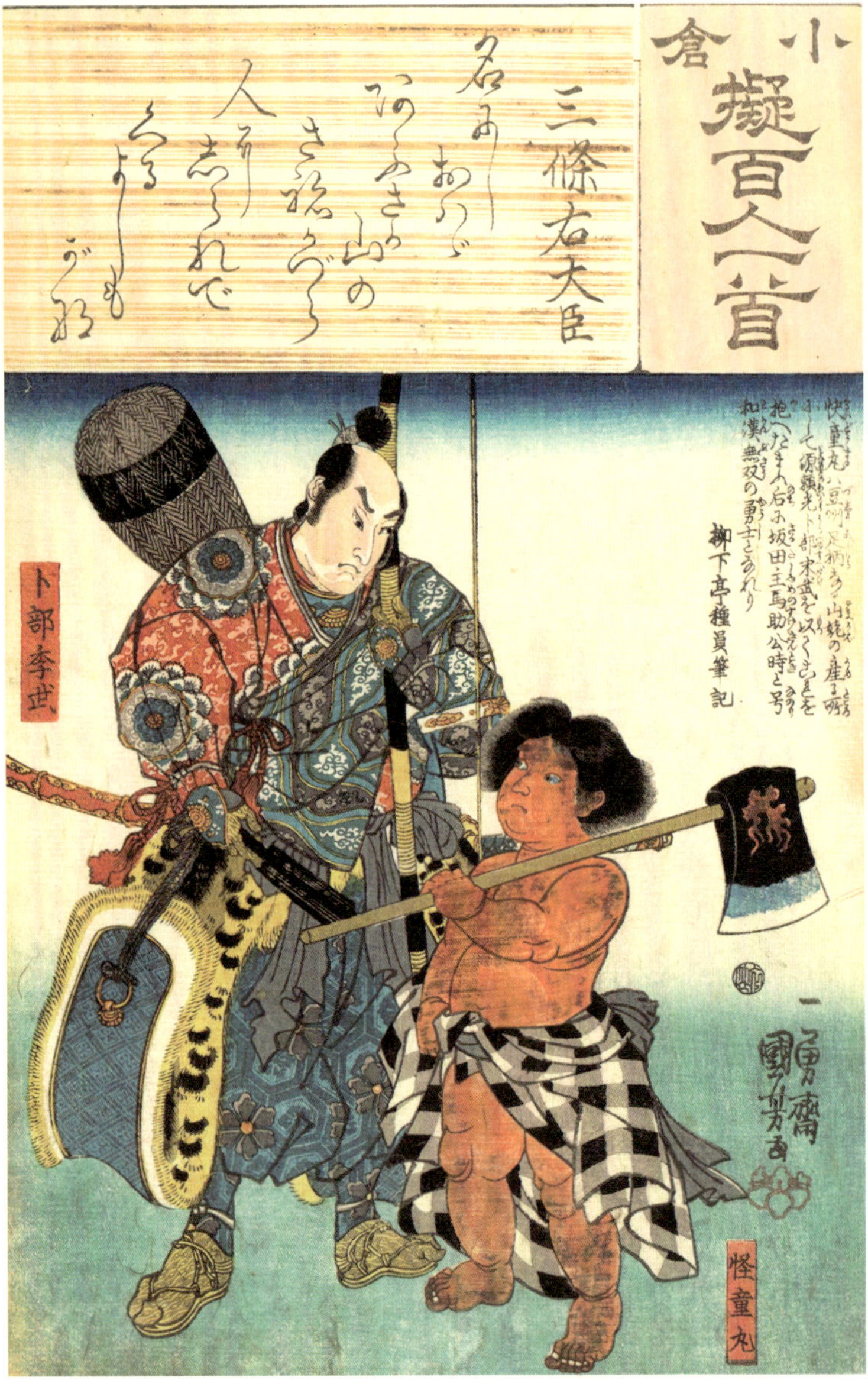

025 ｜ 三條右大臣（藤原定方）

○ 025

三條右大臣（藤原定方）

小倉
百人一首

ひゃくにんいっしゅ

绵绵真葛草
远侵动相思
愿随芳菲去
相逢人不知

名にし負はば
逢坂山の
さねかづら
人に知られで
くるよしもがな

我愿悄悄前去
与你相会

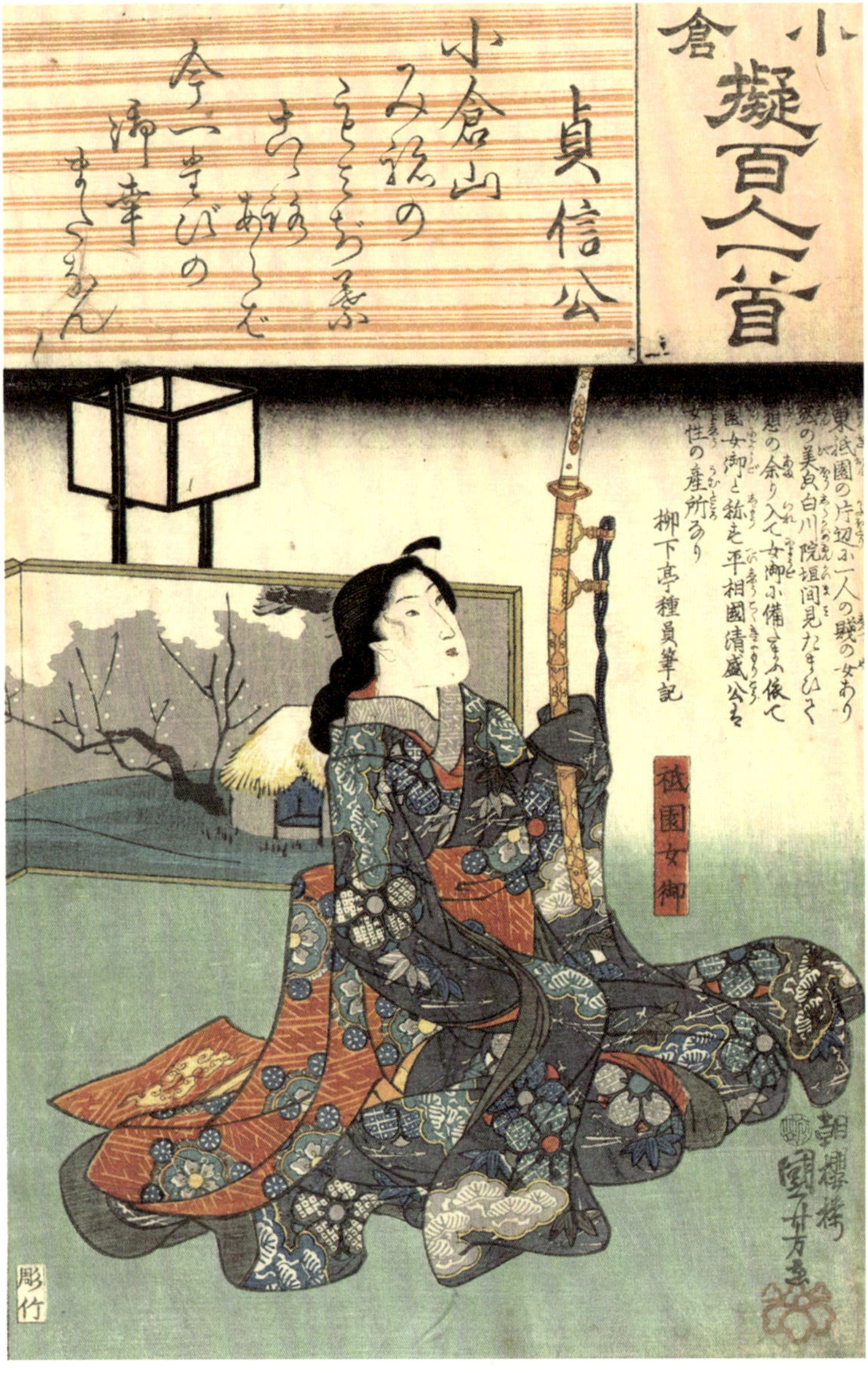

026 | 貞信公（藤原忠平）

026

貞信公（藤原忠平）

群峰红叶染
绚烂小仓山
愿尔有心意
恭迎圣驾瞻

小倉山
峰のもみぢ葉
心あらば
今ひとたびの
みゆき待たなむ

赞美红叶的
臣子之心

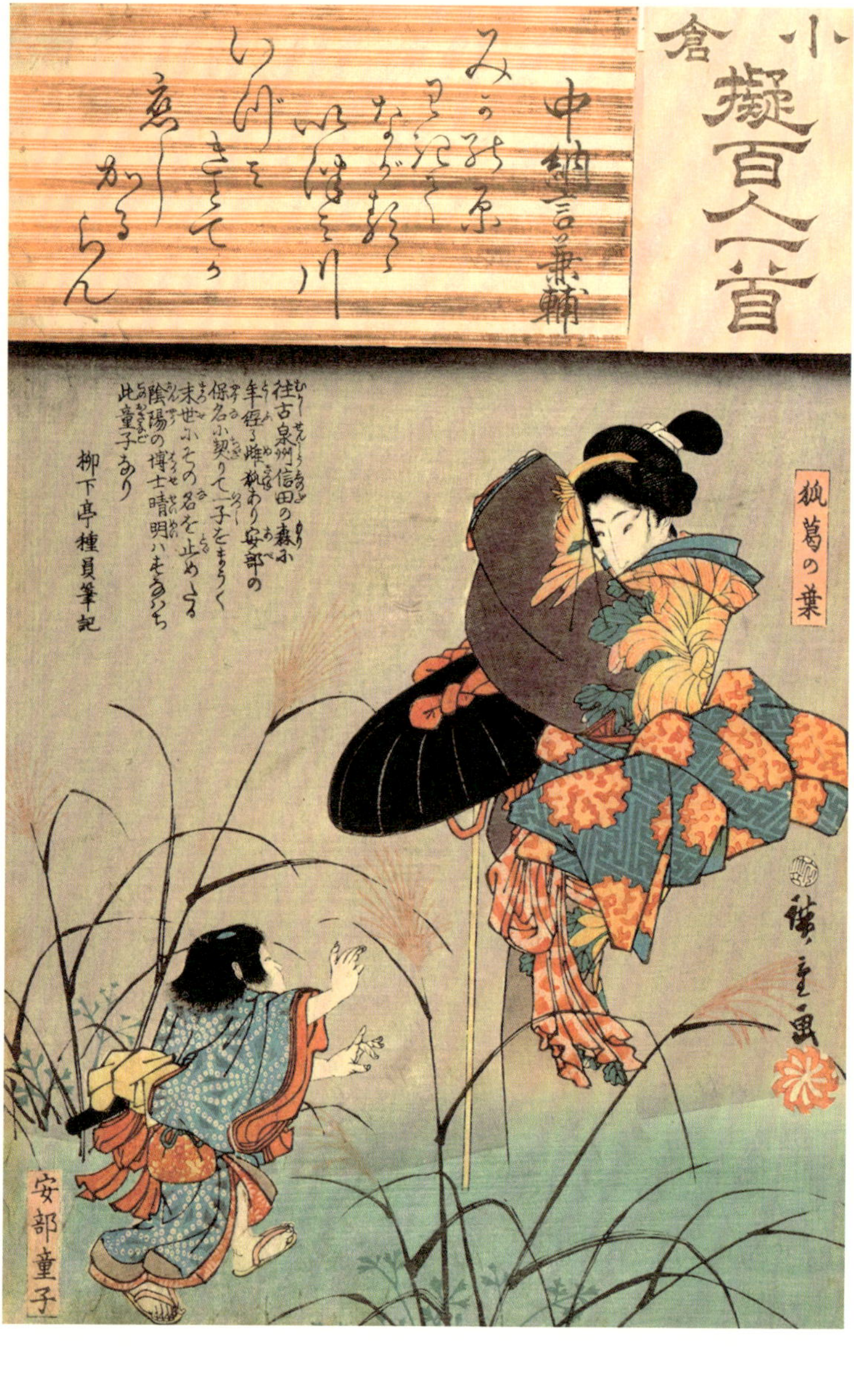

027 | 中納言兼輔（藤原兼輔）

027

中納言兼輔（藤原兼輔）

泉河波浪涌
流水分瓶原
何日曾相见
依依惹梦牵

みかの原
わきて流るる
いづみ川
いつ見きとてか
恋しかるらむ

小倉擬百人一首
源宗于朝臣
金輪五郎今國
柳下亭種員筆記
一勇斎國芳画
彫工房次郎

028

源宗于

我住深山里
冬来更寂寥
空山人不见
草木尽枯凋

山里は
冬ぞさびしさ
まさりける
人目も草も
かれぬと思へば

小倉擬百人一首
凡河内躬恒
白菊丸ハ遠江國菊川驛にて落命ありし中納言藤原宗行卿の公達なり或曰相州江の嶋兒ケ淵ハ此君ノ依る古跡なりとぞ然是皆小説稗史ニ起る傳奇なり
柳下亭種員筆記
一勇斎國芳画
白菊丸

029 凡河内躬恒

欲采白菊朵
今朝初降霜
霜花不可辨
满眼正迷茫

心あてに
折らばや折らむ
初霜の
置きまどはせる
白菊の花

霜打菊花的
白色之美

030 | 壬生忠岑

030

壬生忠岑

仰看无情月
依依悲欲绝
断肠唯此时
拂晓与君别

有り明けの
つれなく見えし
別れより
暁ばかり
憂きものはなし

对无情女子的怨恨

小倉擬百人一首
坂上是則
佐藤忠信
柳下亭種員筆記

031 ○

坂上是則

小倉百人一首

ひゃくにんいっしゅ

朦胧曙色里

皎似月光寒

白雪飘飘落

映明吉野天

朝ぼらけ
有り明けの月と
見るまでに
吉野の里に
降れる白雪

吉野山乡的雪景

032 ｜ 春道列樹

○ 032

春道列樹

小倉百人一首《ひゃくにんいっしゅ》

山川に
風のかけたる
しがらみは
流れもあへぬ
紅葉なりけり

溅溅山溪淌
秋风红叶下
无心阻流水
俨然似堰栅

飘落在山溪中的
美丽红叶

小倉擬百人一首
紀友則
三井寺狂女
柳下亭種員筆記

○

033

紀友則

灿灿日光里

融融春意酣

芳心何事乱

簌簌樱花残

ひさかたの

光のどけき

春の日に

しづ心なく

花の散るらむ

樱花迅速

飘落的风情

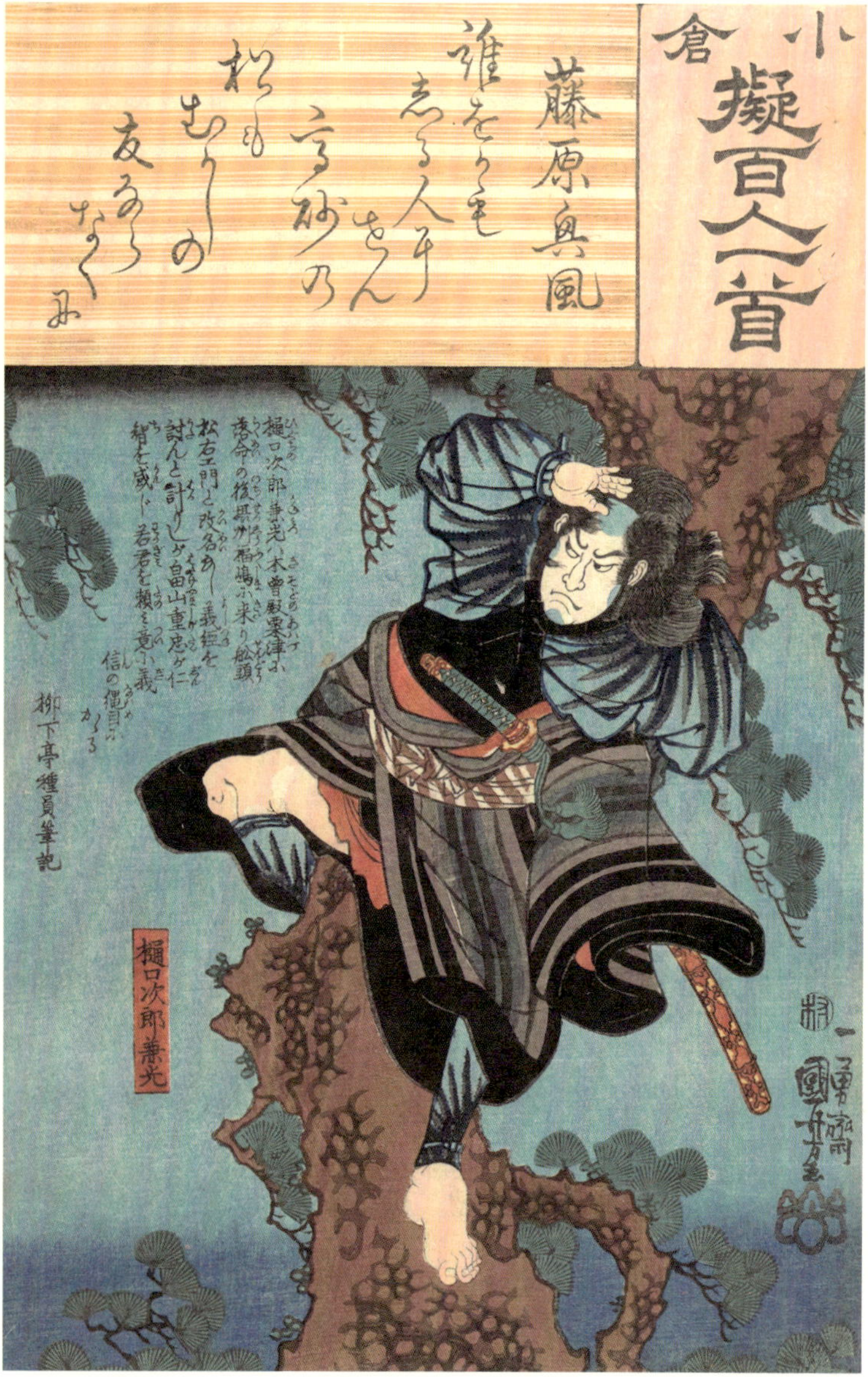

小倉擬百人一首
藤原興風
樋口次郎兼光ハ木曽殿粟津ニ落命の後摂州福嶋ニ来り船頭松右エ門と改名なし義経を討んと計りしが畠山重忠が仁智を感じ若君を頼ミ竟ニ義信の縄目ニかゝる
柳下亭種員筆記
樋口次郎兼光
一勇齋國芳画

034 | 藤原興風

小倉百人一首《ひゃくにんいっしゅ》

034

藤原興風

誰をかも
知る人にせむ
高砂の
松も昔の
友ならなくに

访旧皆难见
可怜无故知
高砂松树在
自小不相识

衰老残年的
孤独悲叹

035 | 紀貫之

035

紀貫之

小倉百人一首《ひゃくにんいっしゅ》

悠悠羁旅客
问君可曾知
故里梅花发
幽香似旧时

人はいさ
心も知らず
ふるさとは
花ぞ昔の
香に匂ひける

人心易变，
梅香依旧

036 | 清原深養父

036

清原深養父

夏夜匆匆尽
依稀露曙天
云中留晓月
恋恋不思还

夏の夜は
まだ宵ながら
明けぬるを
雲のいづこに
月宿るらむ

短暂的夏夜与残月

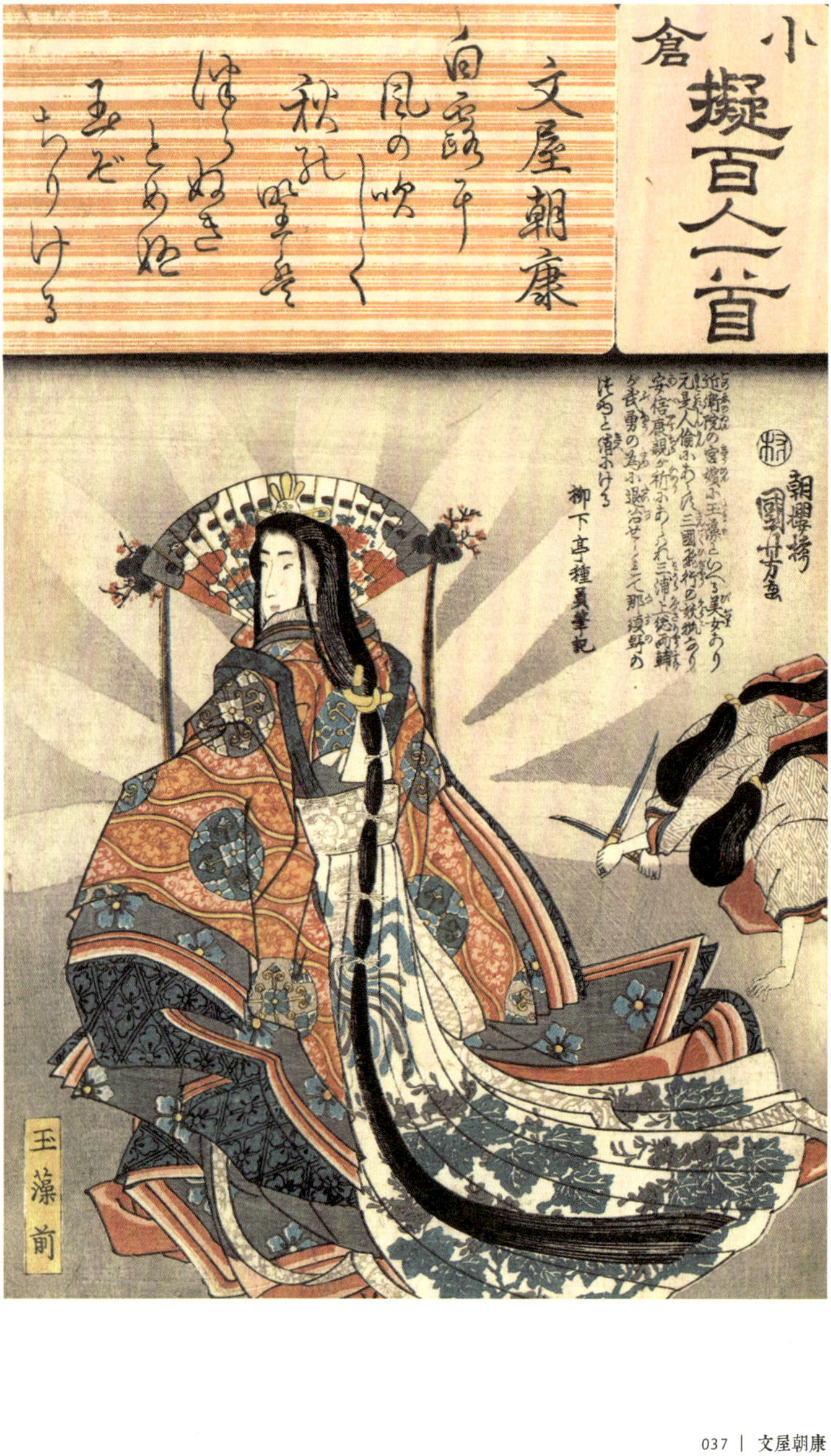

小倉擬百人一首
文屋朝康
柳下亭種員筆記
玉藻前

037

文屋朝康

小倉
百人一首

ひゃくにんいっしゅ

清秋原野上
白露滚凉风
无计串珠玉
可怜散草丛

白露に
風の吹きしく
秋の野は
つらぬきとめぬ
玉ぞ散りける

白露滚落的
秋天原野

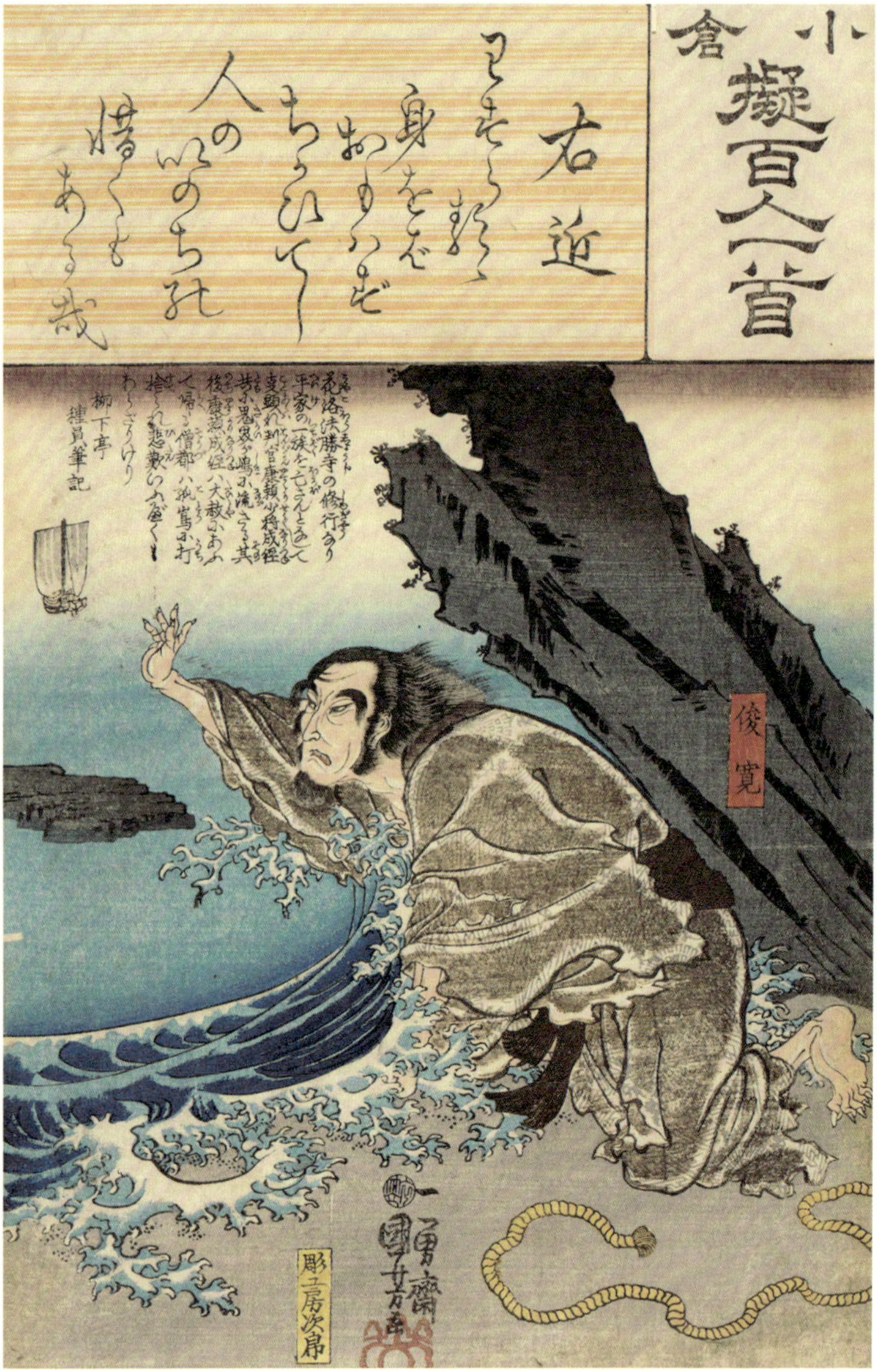
小倉擬百人一首
右近
俊寛
柳下亭種員筆記

038 右近

忘らるる
身をば思はず
誓ひてし
人の命の
惜しくもあるかな

有誓遭遗忘
无暇顾自身
别来无恙乎
恋恋犹念君

虽被抛弃，
却为无情的男子担忧

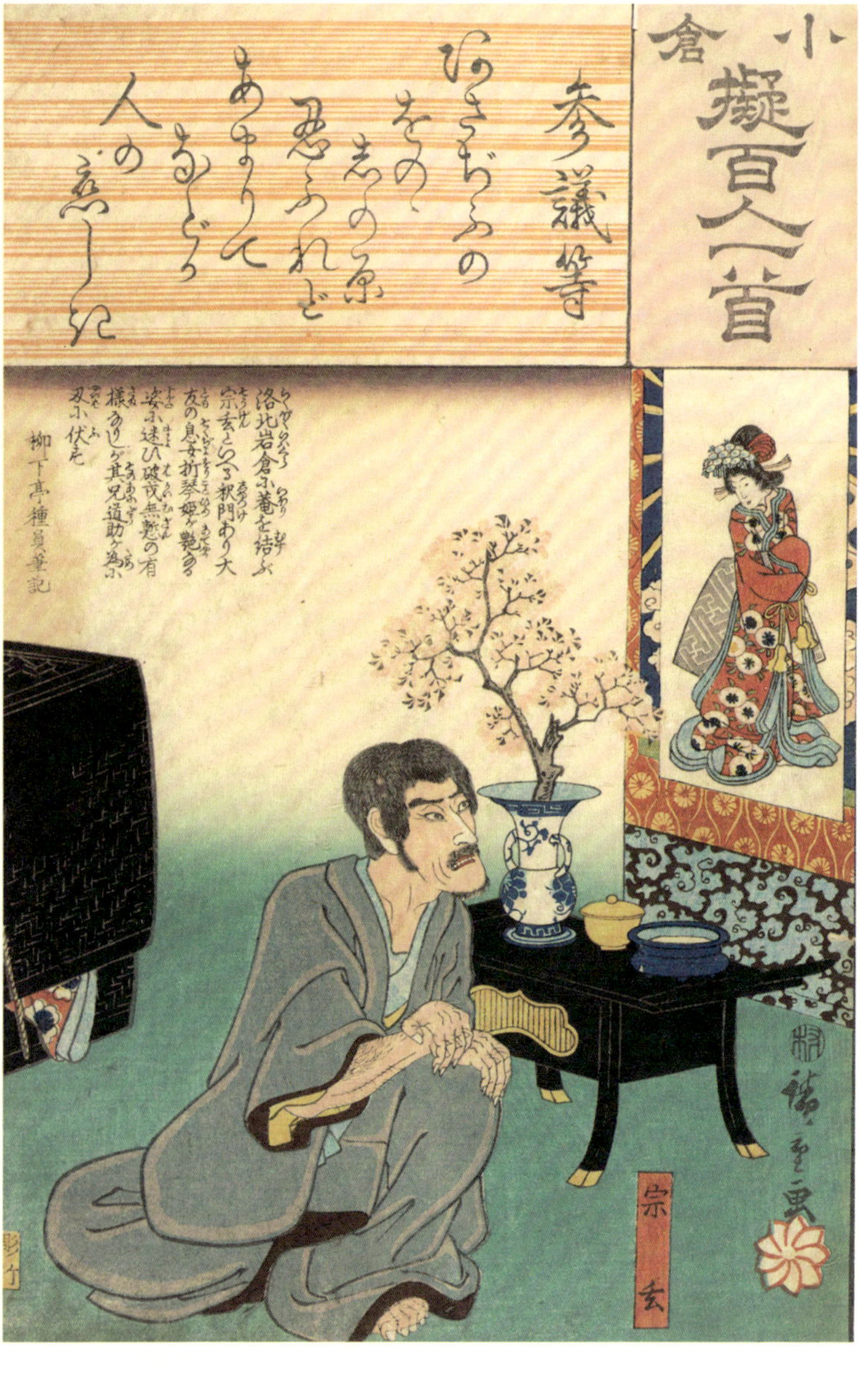

039 | 参議等（源等）

039。

参議等（源等）

小倉百人一首

ひゃくにんいっしゅ

浅茅生の
小野の篠原
忍ぶれど
あまりてなどか
人の恋しき

小野幽篁里
青青茅草生
相思难自禁
可叹陷痴情

无法压抑的恋情

平兼盛

志のぶれど
色に出でに
けり
わが恋は
ものや
思ふと
人の
とふまで

伊賀局

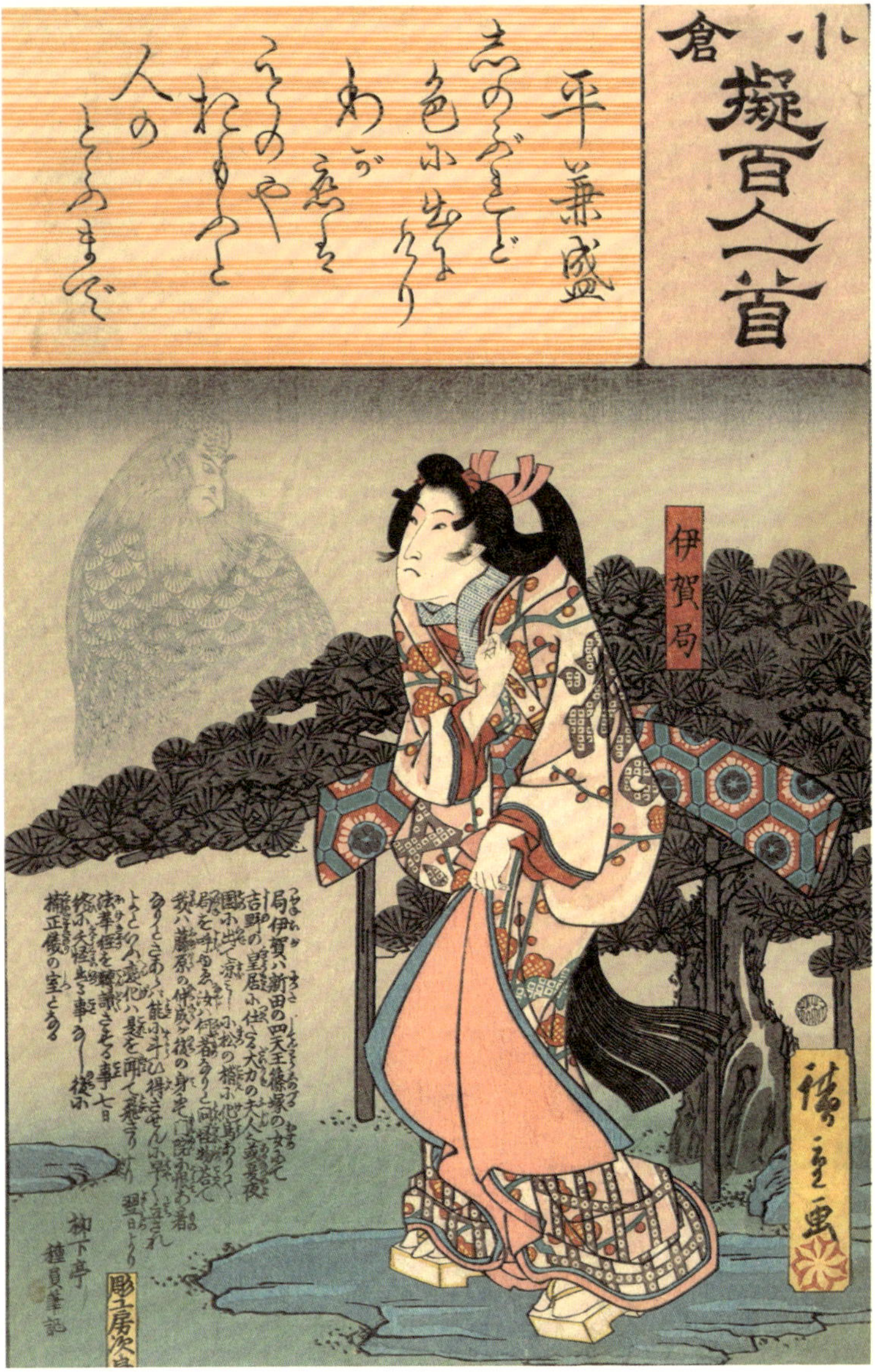

040

平兼盛

相思形色露
欲掩不从心
烦恼为谁故
偏招诘问人

忍ぶれど
色に出でにけり
わが恋は
物や思ふと
人の問ふまで

难以隐藏的恋慕之心

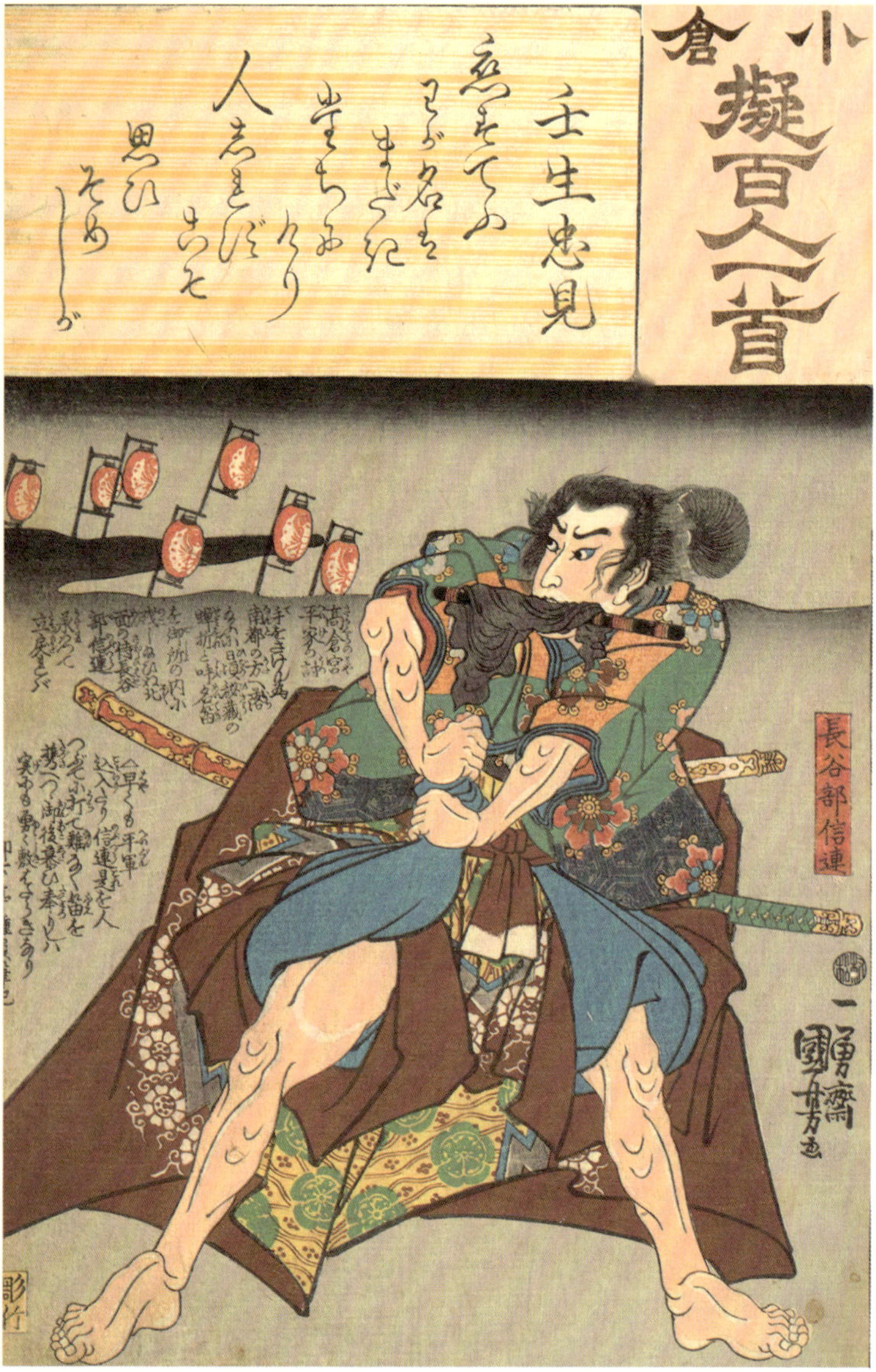

041 | 壬生忠見

041

壬生忠見

春闺初慕恋
但愿避人言
谁料蜚语快
风闻满世间

恋すてふ
わが名はまだき
立ちにけり
人知れずこそ
思ひそめしか

042 | 清原元輔

042

清原元輔

可记湿双袖
同心发誓言
滔滔滚海浪
哪得过松山

契りきな
かたみに袖を
しぼりつつ
末の松山
波越さじとは

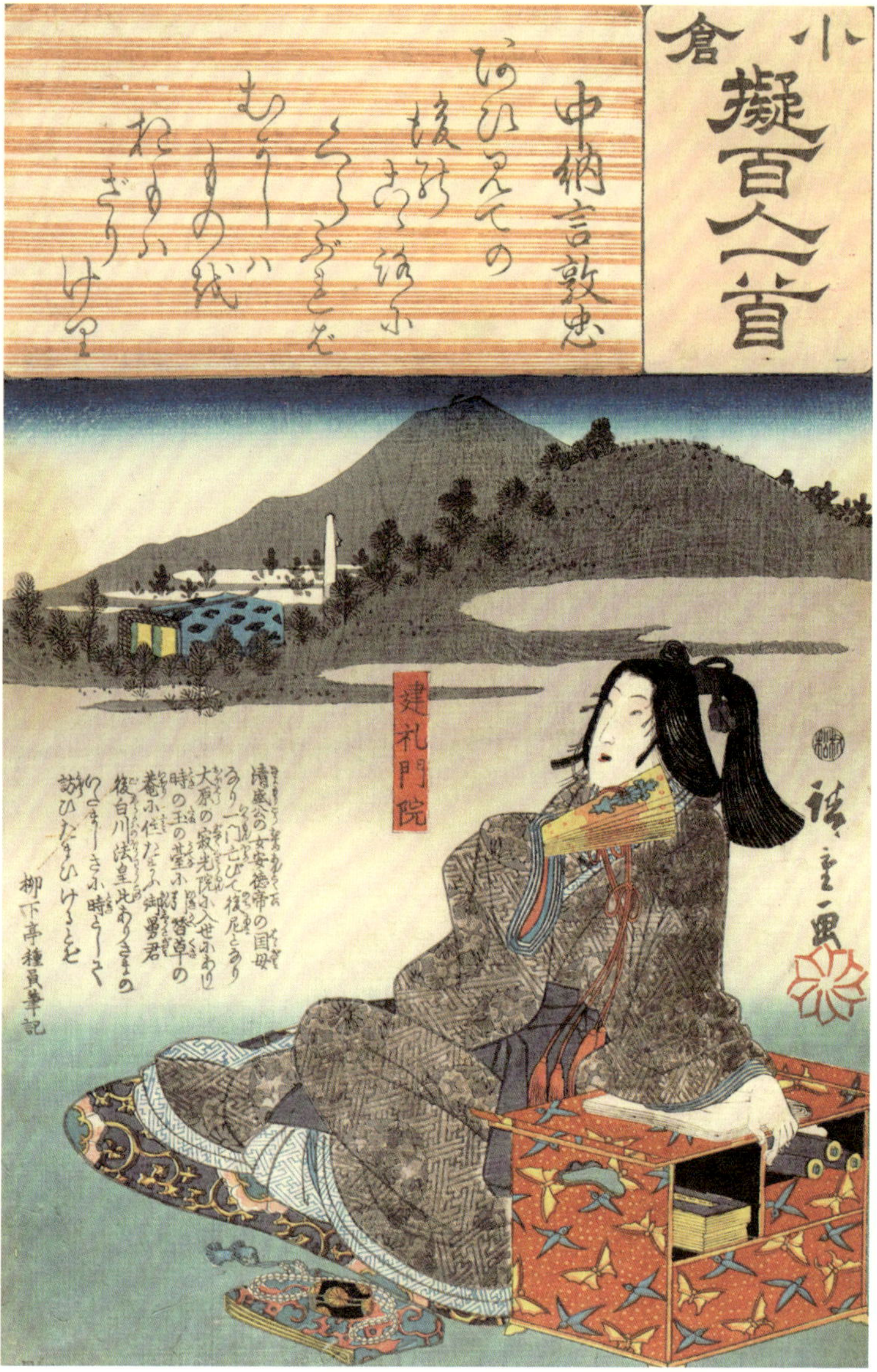

043 ｜ 権中納言敦忠（藤原敦忠）

043

権中納言敦忠（藤原敦忠）

自赴佳期后
相思更转愁
曾言怀念苦
始信无来由

逢ひ見ての
後の心に
くらぶれば
昔は物を
思はざりけり

小倉
百人一首《ひゃくにんいっしゅ》

相思积郁的痛苦

044 | 中納言朝忠（藤原朝忠）

044 ○

中納言朝忠（藤原朝忠）

当初无邂逅
何至动芳心
怨妾空余恨
哀哀亦怨君

逢ふことの
絶えてしなくは
なかなかに
人をも身をも
恨みざらまし

小倉擬百人一首
謙徳公
伊達《だて》に仕立《したて》し戀衣《こひごろも》模様《もやう》に染《そめ》る
緋櫻は盛りの花をちらしたる五人
娘《むすめ》の筆かしら其席書の松竹
梅は今も湯嶋《ゆしま》の社頭にありと䌫
柳下亭種員筆記
八百屋お七
廣重画
彫竹

045 | 謙徳公(藤原伊尹)

045

謙徳公（藤原伊尹）

小倉
百人一首

ひゃくにんいっしゅ

无人问寂寞
断肠有谁怜
岁月空蹉跎
吾命近黄泉

あはれとも
言ふべき人は
思ほえで
身のいたづらに
なりぬべきかな

小倉擬百人一首
曾祢好忠
柳下亭種員筆記
薄雪姫
渡し守

046

曾禰好忠

小倉百人一首《ひゃくにんいっしゅ》

欲渡由良峡
舟楫无影踪
飘飘何处去
如陷恋情中

由良の門を
渡る舟人
かぢを絶え
ゆくへも知らぬ
恋の道かな

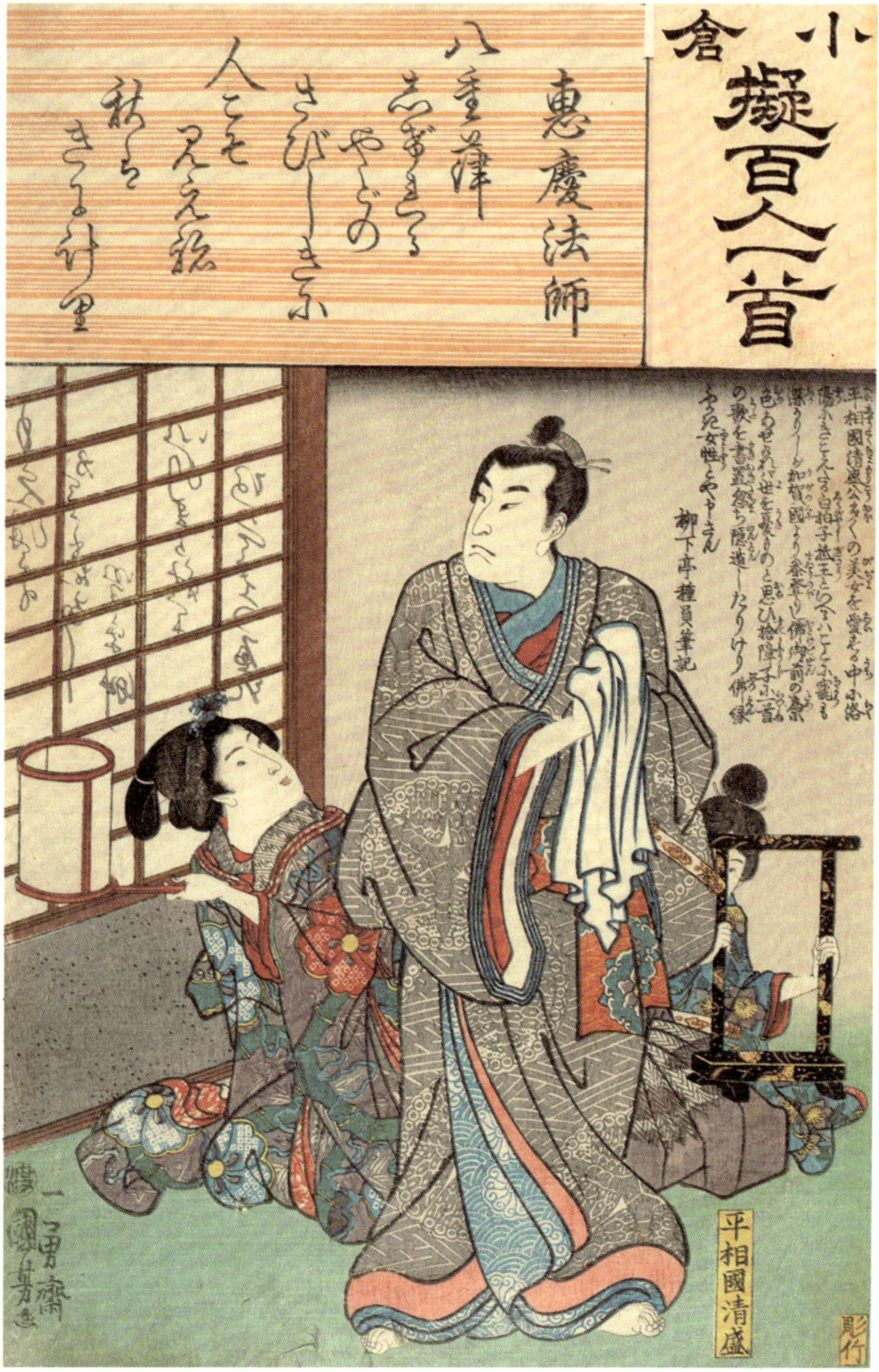

047 | 恵慶法師

047

惠慶法師

八重葎
茂れる宿の
さびしきに
人こそ見えね
秋は来にけり

野草千丛茂
幽深庭院荒
年年人不见
寂寞又秋光

人世无常，
天地永恒

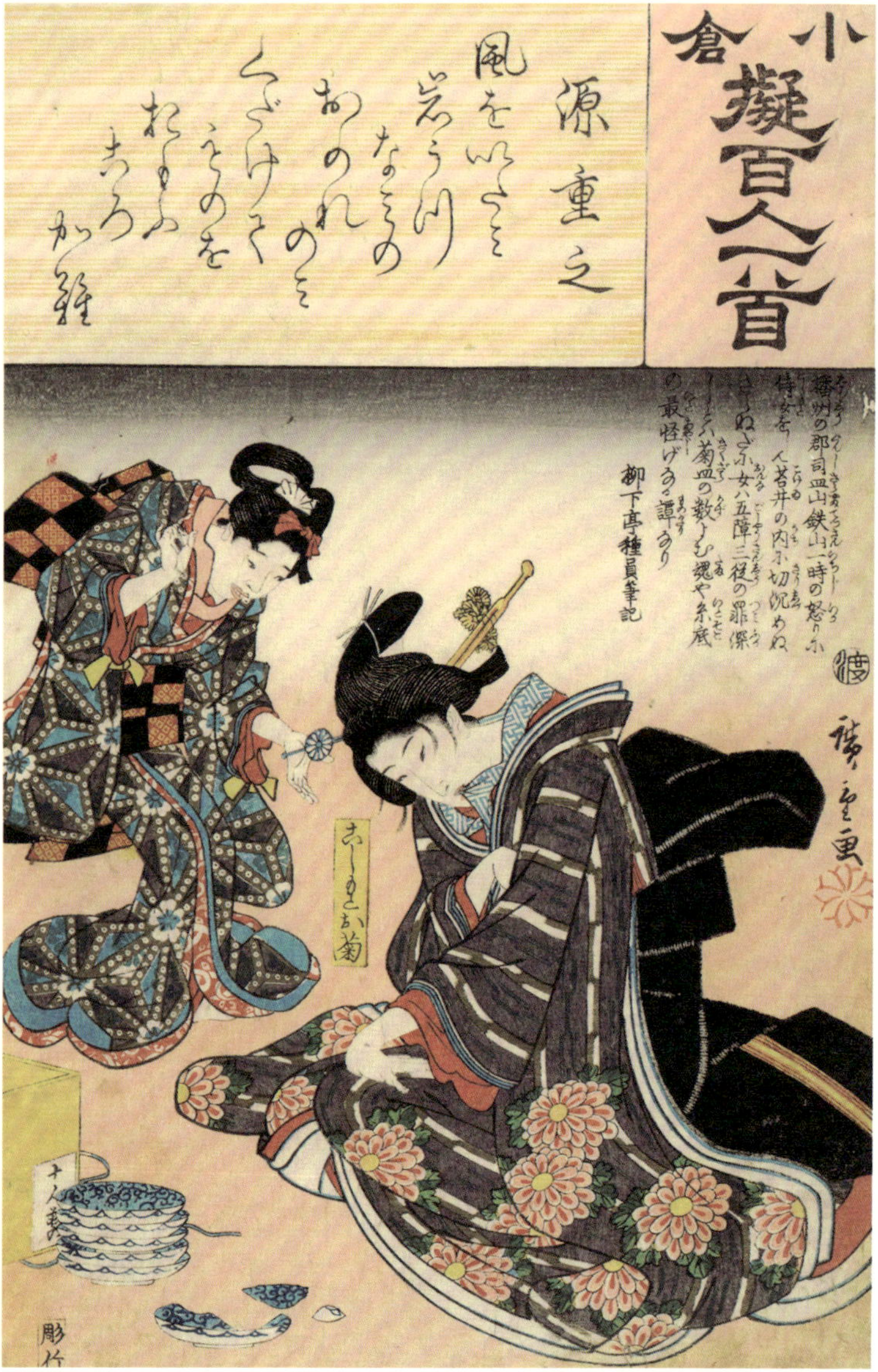
小倉擬百人一首
源重之
柳下亭種員筆記

048

源重之

疯狂波浪涌

溅溅撞山岩

抱恨堪回首

痴心碎君前

風をいたみ
岩うつ波の
おのれのみ
砕けて物を
思ふころかな

令人粉身碎骨的
爱情烦恼

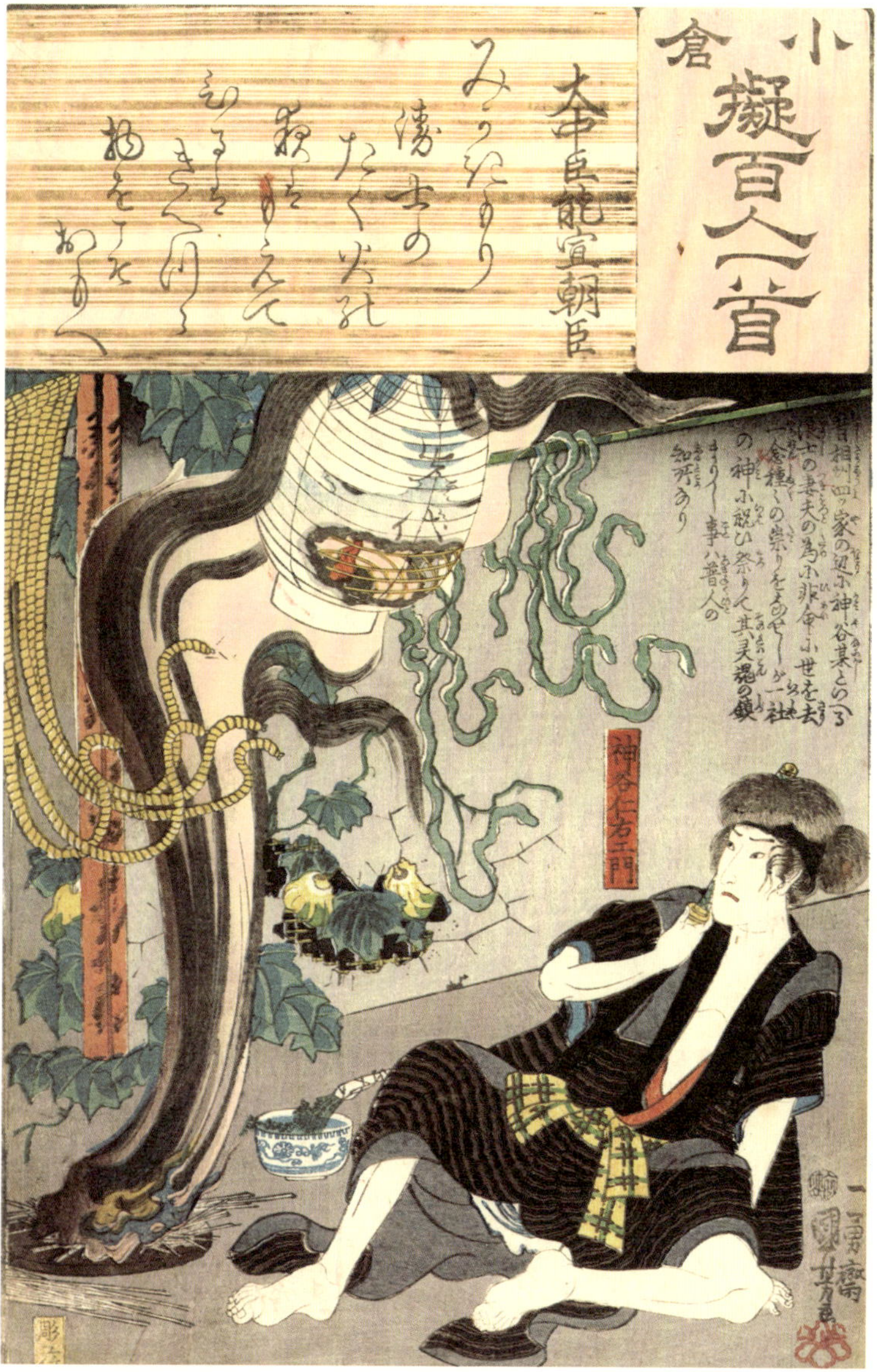

049 | 大中臣能宣朝臣（藤原能宣）

049

大中臣能宣朝臣（藤原能宣）

小倉百人一首

ひゃくにんいっしゅ

卫士焚篝火
晨宵灭复燃
相思魂杳杳
长夜摧心肝

みかきもり
衛士の焚く火の
夜は燃え
昼は消えつつ
物をこそ思へ

每日每夜为爱消魂

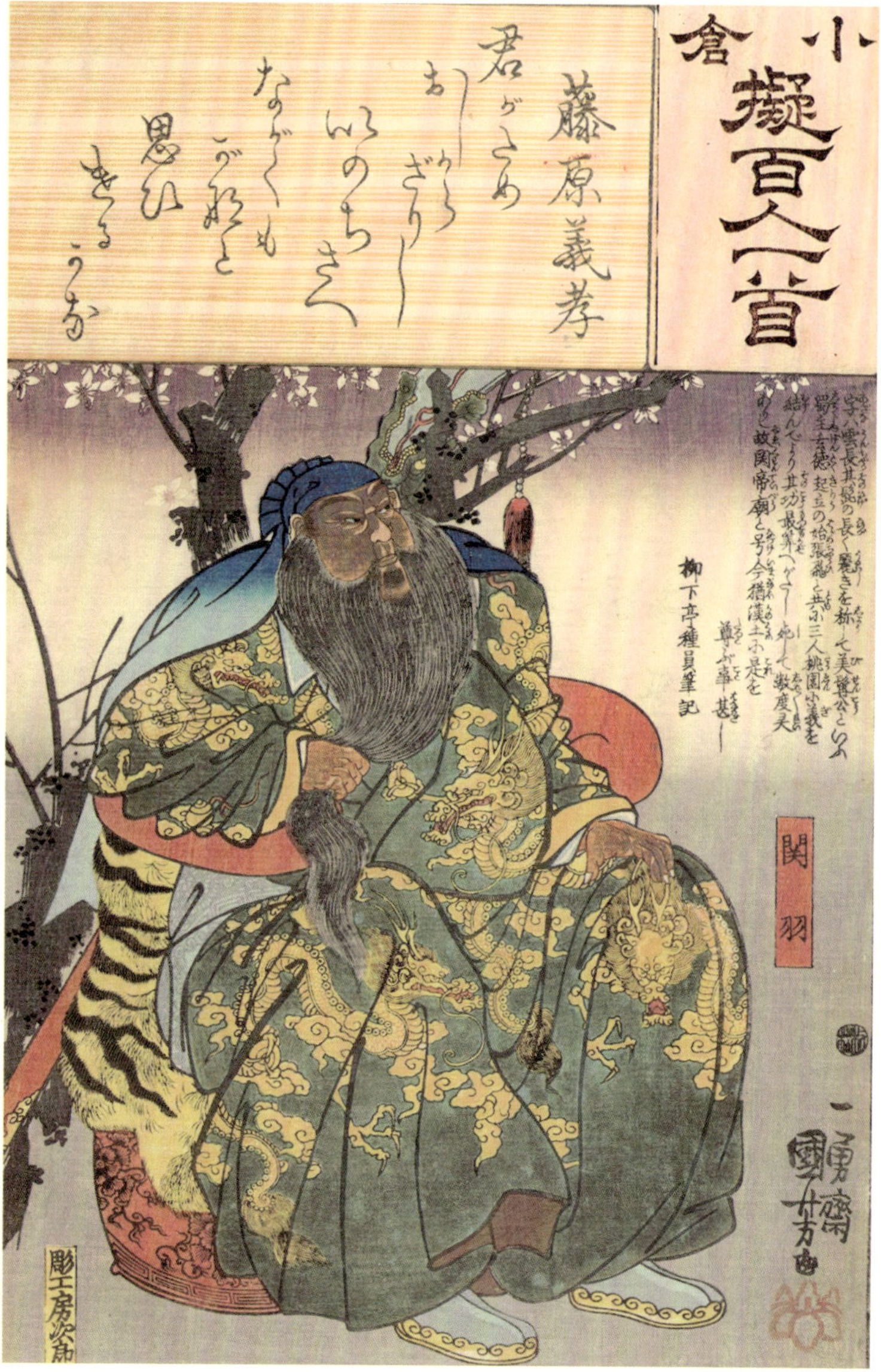
小倉
擬百人一首
藤原義孝
関羽
柳下亭種員筆記
一勇斎國芳画

050

藤原義孝

小倉百人一首

ひゃくにんいっしゅ

相思难从愿
不惜下黄泉
昨夜相逢后
依依恋世间

君がため
惜しからざりし
命さへ
長くもがなと
思ひけるかな

小倉擬百人一首
藤原實方朝臣
柳下亭種員筆記
重氏御臺
千鳥の前

051

藤原實方

伊吹艾草茂
无语苦相思
情笃心欲焚
问君知不知

かくとだに
えやはいぶきの
さしも草
さしも知らじな
燃ゆる思ひを

小倉擬百人一首
藤原道信朝臣
香蝶楼豊国画
太平次
彫工房次郎

052

藤原道信

破晓须分手
别君切切悲
明知夕又见
犹自恨朝晖

明けぬれば
暮るるものとは
知りながら
なほ恨めしき
朝ぼらけかな

幽会后的怨恨

053 | 藤原道綱之母

053

藤原道綱之母

小倉

百人一首

ひゃくにんいっしゅ

嘆きつつ
一人寝る夜の
明くる間は
いかに久しき
ものとかは知る

叹息无闲暇
独眠到晓时
迢迢怨遥夜
问君安可知

054 | 儀同三司母（高階貴子）

054

儀同三司母（高階貴子）

忘れじの
行く末までは
かたければ
今日を限りの
命ともがな

有誓永不忘
明日不可期
今宵相逢后
妾愿命归西

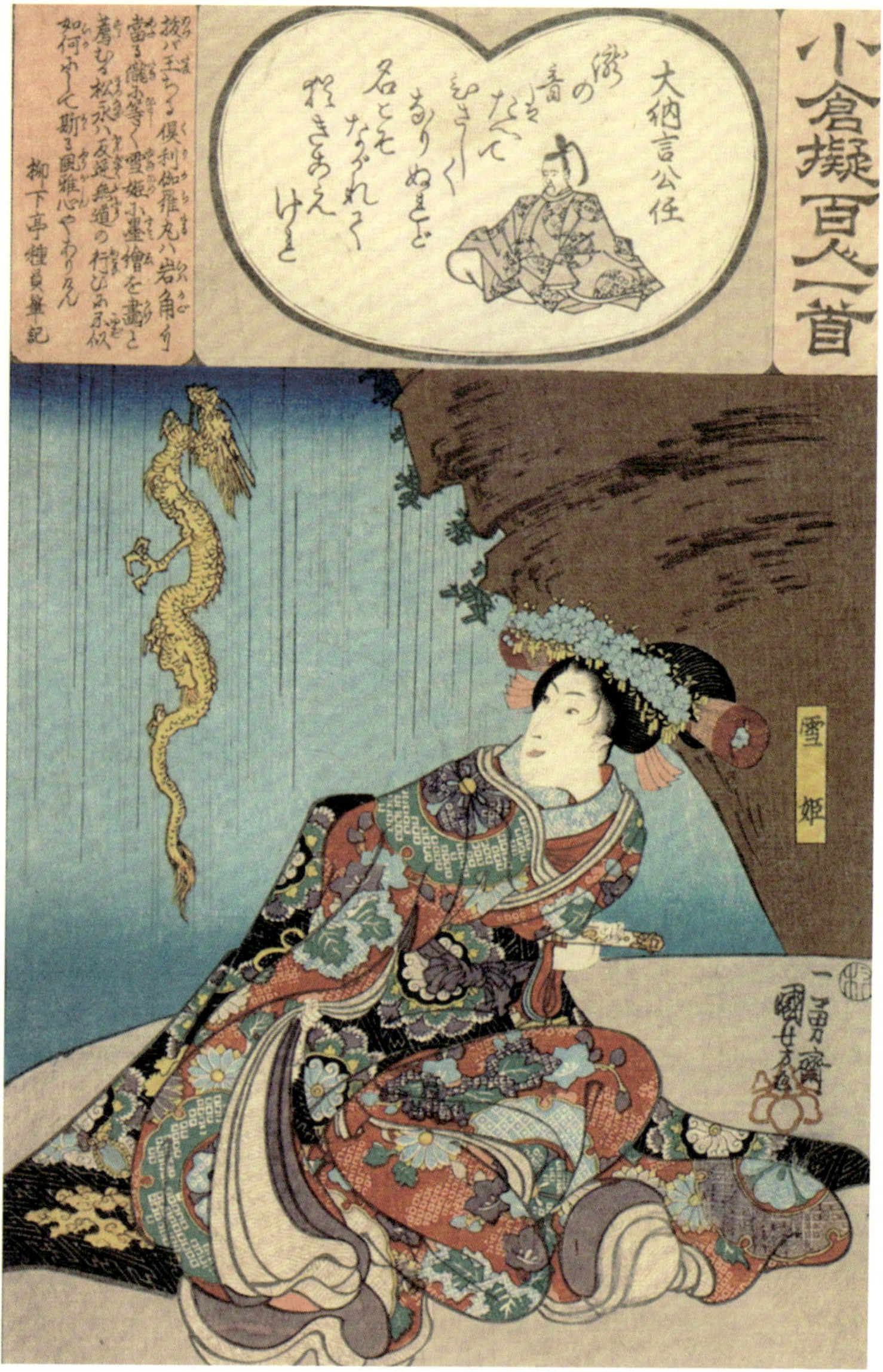

055 ｜ 大納言公任（藤原公任）

055

大納言公任（藤原公任）

不闻流水声
瀑布久无源
水尽名难尽
至今天下传

滝の音は
絶えて久しく
なりぬれど
名こそ流れて
なほ聞こえけれ

小倉擬百人一首
和泉式部
悪七兵衛景清
柳下亭種員筆記
一勇斎國芳画

056

和泉式部

小倉百人一首《ひゃくにんいっしゅ》

般般身后事
只盼再相逢
漫漫黄泉路
也堪忆我胸

あらざらむ
この世のほかの
思ひ出に
今ひとたびの
逢ふこともがな

多情女临终时的心愿

小倉擬百人一首
紫式部
柳下亭種員筆記
鹿野苑軍太夫
勇侶吉郎
廣重画

○

057

紫式部

小倉
百人一首

ひゃくにんいっしゅ

めぐり逢ひて
見しやそれとも
分かぬ間に
雲隠れにし
夜半の月かな

相逢江海上
难辨旧君容
夜半云中月
匆匆无影踪

旅途偶遇旧友

058 ｜ 大弐三位（藤原賢子）

058

大弐三位（藤原賢子）

小倉
百人一首

ひゃくにんいっしゅ

有马山麓下
青青竹满原
千竿风瑟瑟
我岂忘君颜

有馬山
猪名の笹原
風吹けば
いでそよ人を
忘れやはする

对负心男子
爱恨交织的反抗

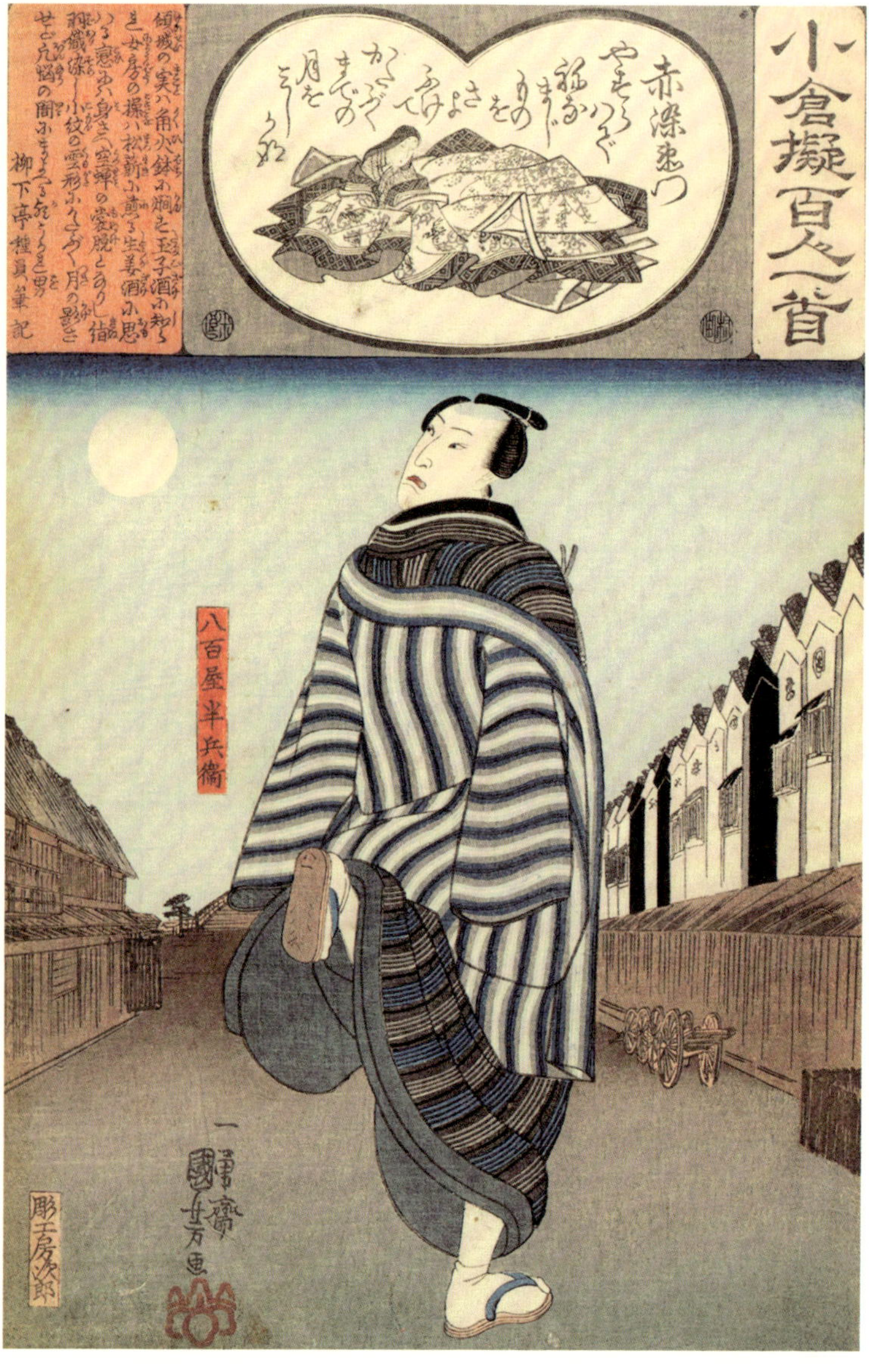

059 丨 赤染衛門

○

059

赤染衛門

小倉
百人一首
ひゃくにんいっしゅ

やすらはで
寝なましものを
小夜更けて
かたぶくまでの
月を見しかな

若信君难到
酣然入梦乡
更深犹苦候
淡月照西窗

对月亮抒发的怨恨

小倉擬百人一首
小式部内侍
大江山

060 。

小式部内侍

山长平野阔
母去路悠悠
渺杳无音信
几曾桥立游

大江山
いく野の道の
遠ければ
まだふみも見ず
天の橋立

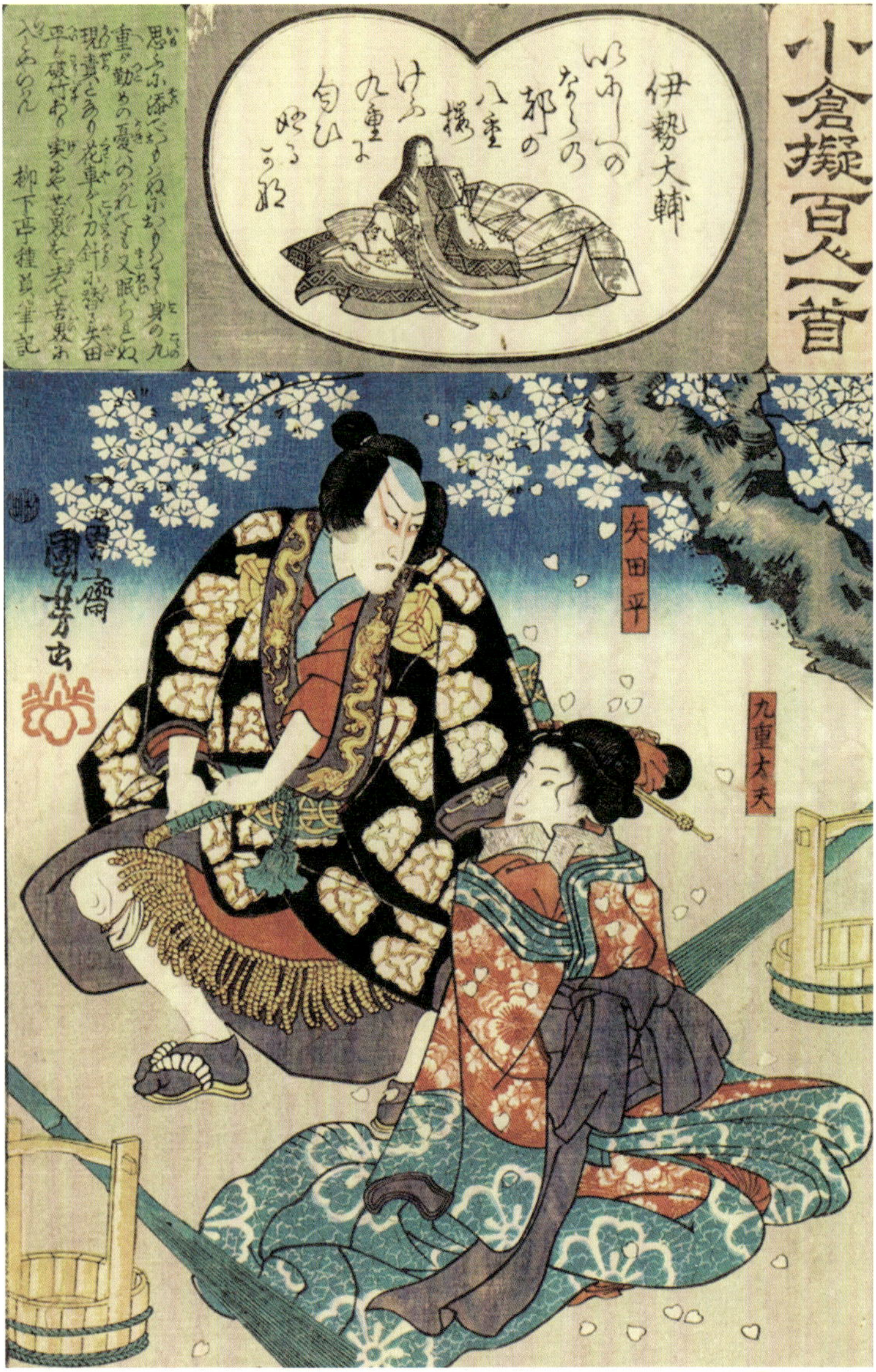

小倉擬百人一首
伊勢大輔
矢田平
九重太夫
柳下亭種員筆記

061

伊勢大輔

小倉
百人一首《ひゃくにんいっしゅ》

古都奈良城
今朝香正浓
八重樱烂漫
光照九重宫

いにしへの
奈良の都の
八重桜
今日九重に
にほひぬるかな

正式场合作歌的
庄严美

小倉擬百人一首
清少納言
菅丞相
判官代輝國
應需 豊國画

062

清少納言

小倉
百人一首《ひゃくにんいっしゅ》

夜半学鸡鸣
心计费枉然
空言难置信
紧闭逢坂关

夜をこめて
鳥の空音は
はかるとも
よに逢坂の
関はゆるさじ

机智地应对
男子的诱惑

063 | 左京大夫道雅（藤原道雅）

063

左京大夫道雅（藤原道雅）

今はただ
思ひ絶えなむ
とばかりを
人づてならで
言ふよしもがな

至此劳空候
无须传消息
一言断痴念
也胜苦相思

064 | 権中納言定頼（藤原定頼）

064

権中納言定頼（藤原定頼）

宇治临拂晓
河滩冷雾中
鱼梁时隐现
两岸正迷濛

朝ぼらけ
宇治の川霧
たえだえに
あらはれわたる
瀬瀬の網代木

水墨画般的景色

小倉擬百人一首
相模
吉岡一味斎が娘女於菊家僕友平を召連讐の人京極内匠を尋ん為諸国を廻る内摂州須广の浦にて敵に出會返り討に成の圖
柳下亭種員筆記
京極内匠
おきく
一勇斎国芳画

065 °

相模

哀哀空怨恨

两袖泪难干

情痴堪憔悴

清名枉自怜

恨みわび
乾さぬ袖だに
あるものを
恋に朽ちなむ
名こそ惜しけれ

为对方的薄情而愤怒

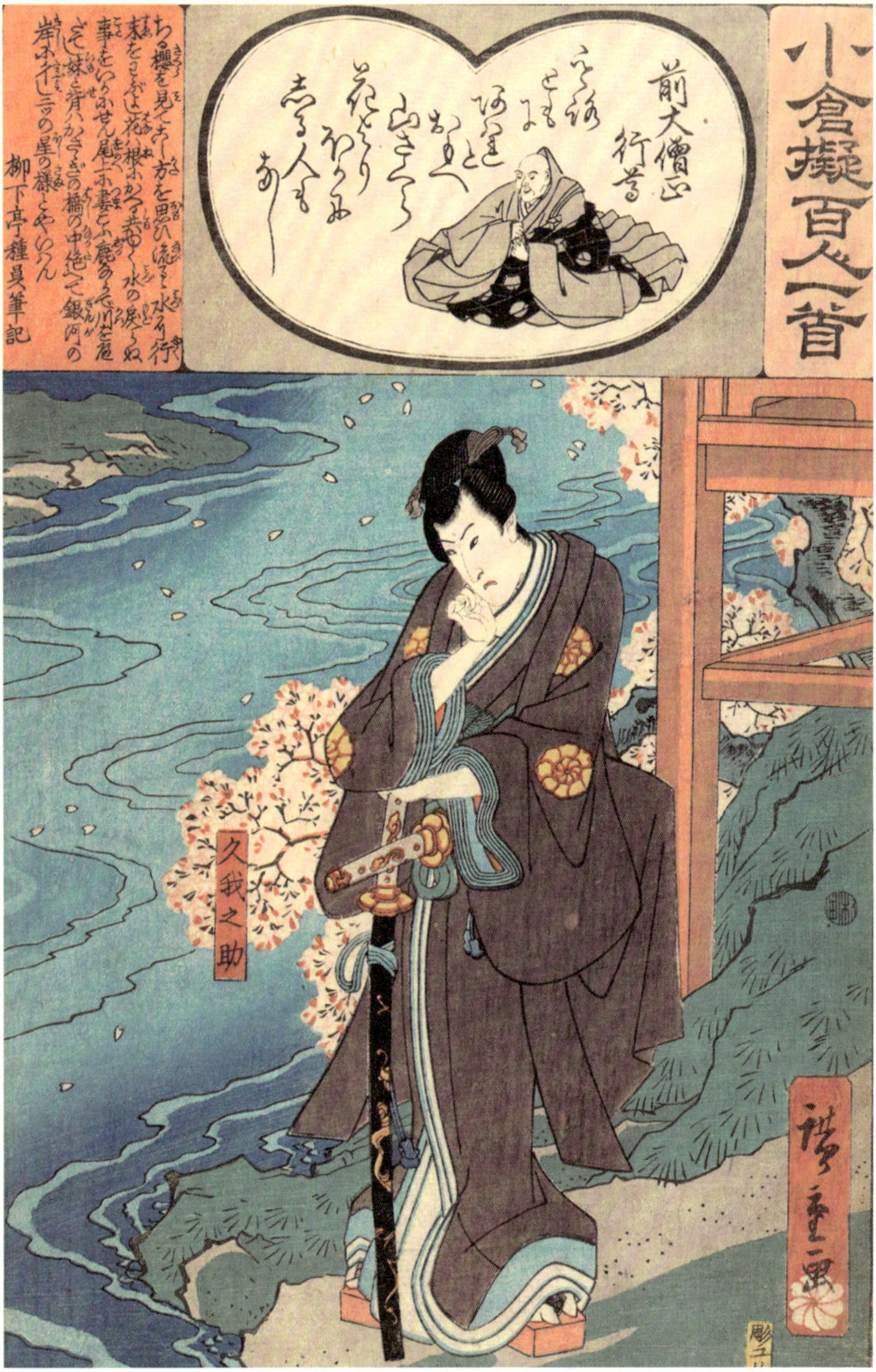

066 | 前大僧正行尊

066

前大僧正行尊

小倉百人一首《ひゃくにんいっしゅ》

山樱幽处见

彼此倍相亲

世上无知己

唯花解我心

もろともに

あはれと思へ

山桜

花よりほかに

知る人もなし

修行者以樱花为知心朋友

小倉擬百人一首
周防内侍
白井權八
應需 豊國画
彫工竹
柳下亭種員筆記

067

周防内侍

春の夜の
夢ばかりなる
手枕に
かひなく立たむ
名こそ惜しけれ

恍惚春宵梦
枕君手臂眠
戏言终无聊
徒惹恶名传

小倉擬百人一首
三條院
柳下亭種員記
法界坊
一勇齋國芳画
彫房次郎

068

三條院

小倉
百人一首

ひゃくにんいっしゅ

不爱红尘误
偏得命苟延
今宵何所恋
夜半月中天

心にも
あらでうき世に
ながらへば
恋しかるべき
夜半の月かな

对月发出
绝望的悲叹

小倉擬百人一首
能因法師
宿祢太郎
立田の前
彫竹

小倉百人一首《ひゃくにんいっしゅ》

069

○

能因法師

飒飒飘红叶

秋风三室山

清波成锦绣

斑斓龙田川

嵐吹く
三室の山の
もみぢ葉は
竜田の川の
錦なりけり

小倉擬百人一首
良暹法師
石留武助
妹於花
應需
豊国画

070

良暹法師

小倉百人一首

ひゃくにんいっしゅ

寂寞门前立
愀然望四方
秋光处处老
暮色正苍茫

さびしさに
宿を立ち出でて
ながむれば
いづこも同じ
秋の夕暮れ

秋天黄昏的寂寞

071 ｜ 大納言經信（源經信）

071

大納言經信（源經信）

暮色门前降
满田何朦胧
摇摇鸣稻叶
芦舍临秋风

夕されば
門田の稲葉
訪れて
葦のまろやに
秋風ぞ吹く

带来新鲜感动的
田家秋声

072 ｜ 祐子内親王家紀伊

072

祐子内親王家紀伊

小倉
百人一首《ひゃくにんいっしゅ》

高师海浪美
远近人皆知
来去难留住
唯沾衣袖湿

音に聞く
高師の浜の
あだ波は
かけじや袖の
ぬれもこそすれ

甜言蜜语不可信

073 | 前中納言匡房（大江匡房）

073

前中納言匡房（大江匡房）

烂漫樱花放
遥遥最顶峰
山峦霞霭起
莫向眼前横

高砂の
尾の上の桜
咲きにけり
外山の霞
立たずもあらなむ

遥望山樱

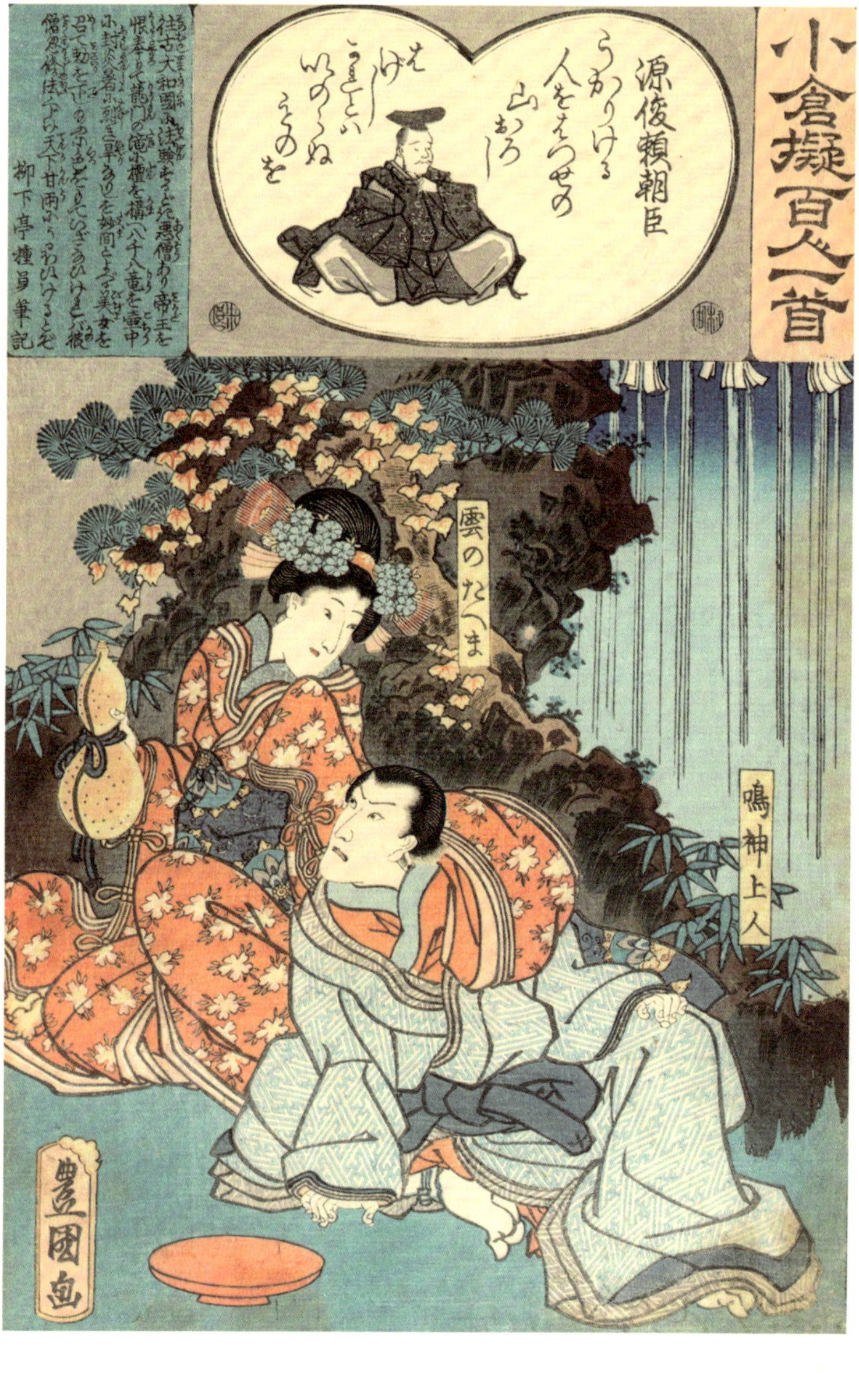
小倉擬百人一首
源俊頼朝臣
うかりける人をはつせの山おろしよ
はげしかれとはいのらぬものを
柳下亭種員筆記
雲のたへま
鳴神上人
豊国画

074

源俊頼

神前空祷告
怨尔仍无情
初濑山峰下
偏遭凛冽风

憂かりける
人を初瀬の
山おろしよ
はげしかれとは
祈らぬものを

祈祷也难实现的恋情

小倉擬百人一首
藤原基俊

075

藤原基俊

纵有空言在
命托原上蓬
老来惊露冷
今岁逝秋风

契りおきし
させもが露を
命にて
あはれ今年の
秋もいぬめり

望子成龙的父亲悲叹

076 ｜ 法性寺入道前関白太政大臣（藤原忠通）

076

法性寺入道前関白太政大臣

（藤原忠通）

小倉

百人一首《ひゃくにんいっしゅ》

茫茫船出海

放眼望天边

白浪滔滔滚

疑是碧云翻

わたの原

漕ぎ出でて見れば

久方の

雲居にまがふ

沖つ白波

壮观的海上景色

小倉擬百人一首
崇徳院
みゆき
豊国画
彫工房次郎

077

崇徳院

急流岩上碎
无奈两离分
早晚终相会
忧思情愈深

瀬を早み
岩にせかるる
滝川の
分れても末に
逢はむとぞ思ふ

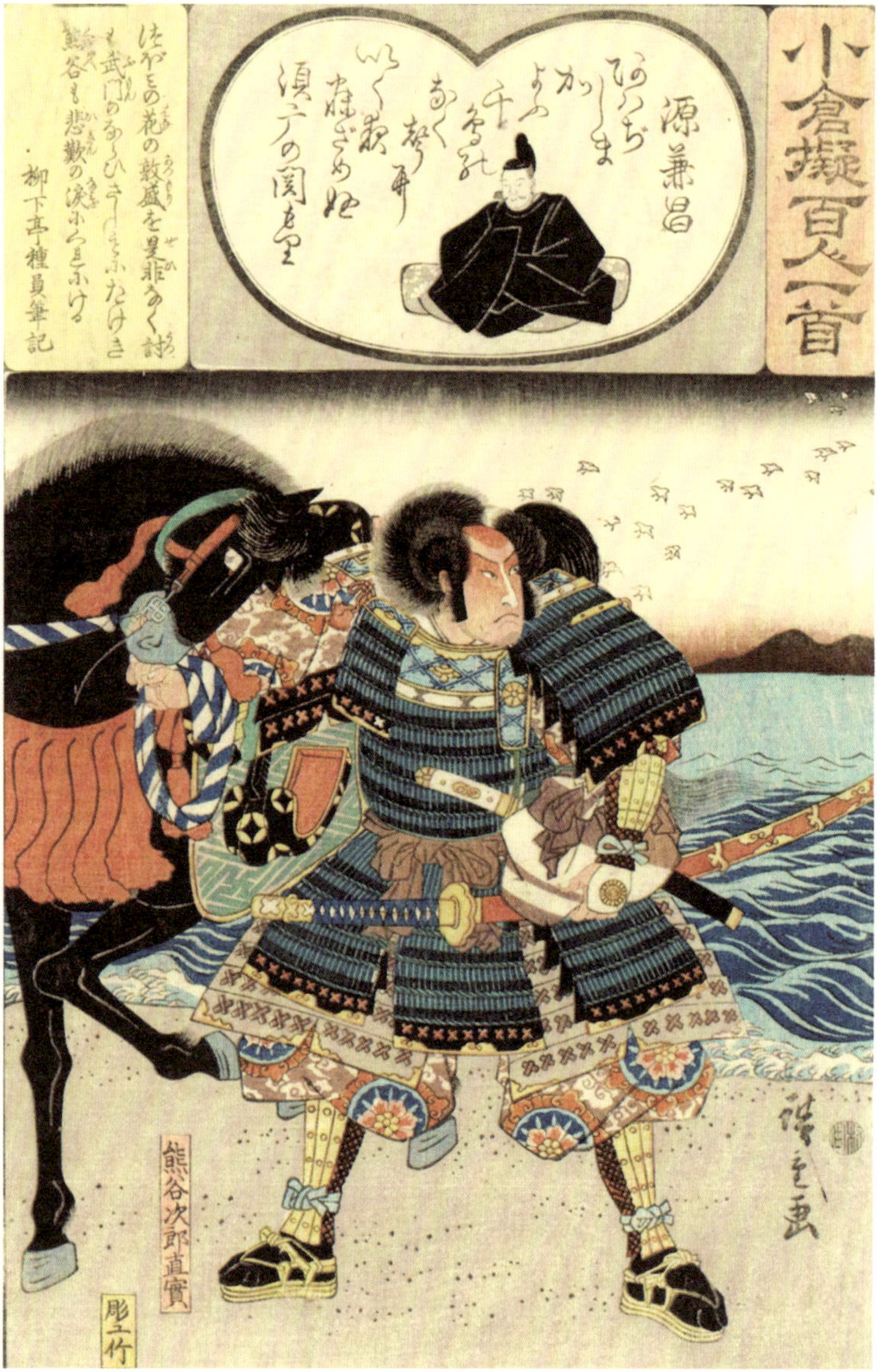
小倉擬百人一首
源兼昌
柳下亭種員筆記
熊谷次郎直實
彫工竹

○ 078

源兼昌

淡路来千鸟
悲鸣多少声
须磨远戍客
夜夜梦魂惊

淡路島
かよふ千鳥の
鳴く声に
幾夜寝覚めぬ
須磨の関守

冬夜海上的鸟鸣

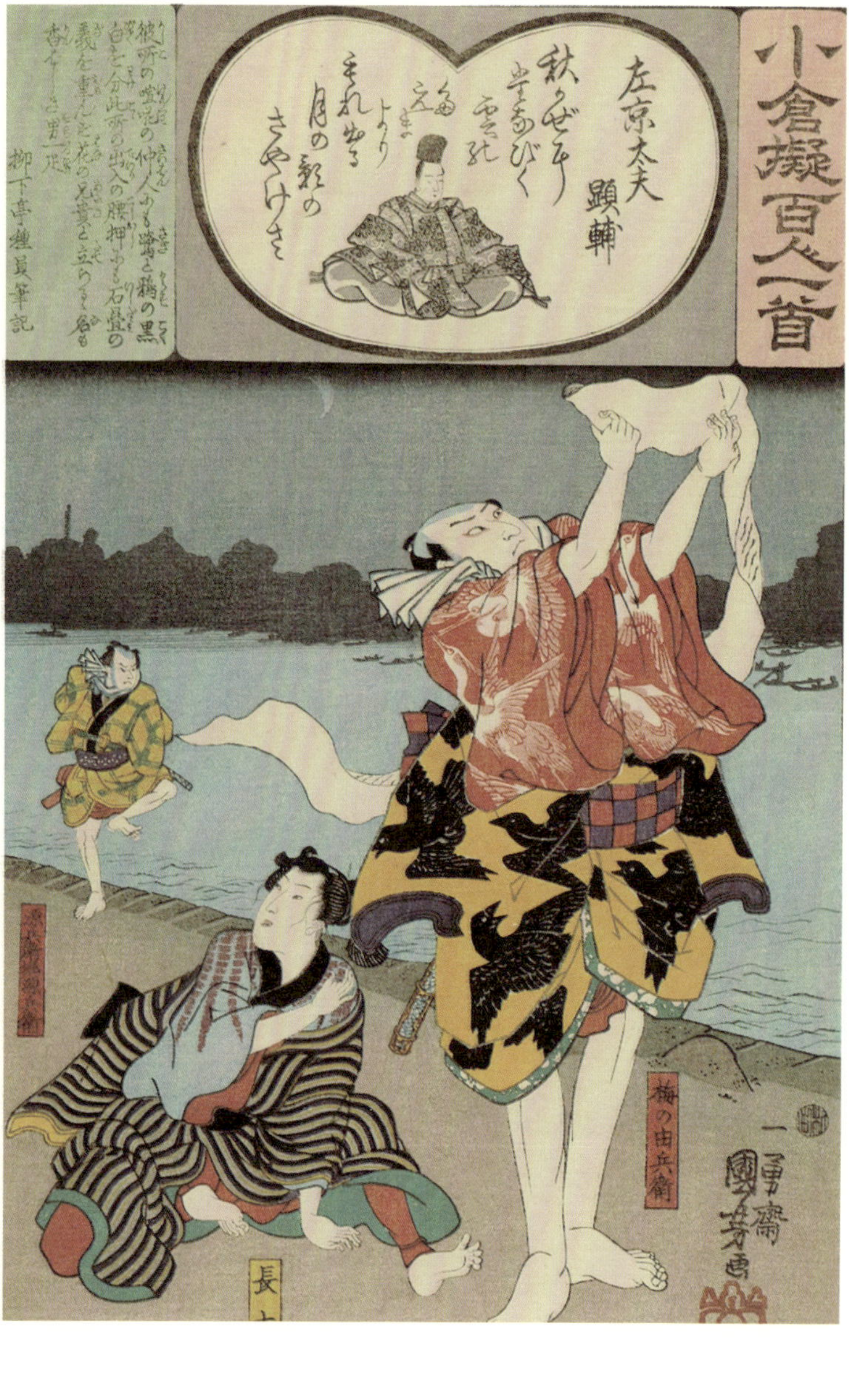

079 ｜ 左京大夫顯輔（藤原顯輔）

079

左京大夫顯輔（藤原顯輔）

秋風に
たなびく雲の
絶え間より
もれ出づる月の
影のさやけさ

飒飒秋风起
横云挂夜空
清辉云缝月
朗朗照苍穹

080 | 待賢門院堀河

080

待賢門院堀河

長からむ
心も知らず
黒髪の
乱れて今朝は
物をこそ思へ

但愿情长久
君心妾不知
朝来绿发乱
万绪动忧思

幽会后的不安

081 | 後徳大寺左大臣（藤原實定）

081

○

後徳大寺左大臣（藤原實定）

曙色朦胧里
数声啼杜鹃
举头无所见
残月挂西天

ほととぎす
鳴きつる方を
眺むれば
ただ有り明けの
月ぞ残れる

杜鹃与残月

小倉擬百人一首
道因法師
柳下亭種員筆記
大星由良之助
一勇齋國芳画
大星力弥

082

道因法師

负我相思意
悠悠怨命长
那堪红泪滚
日日流成行

思ひわび
さても命は
あるものを
憂きに堪へぬは
涙なりけり

083 | 皇太后宮大夫俊成（藤原俊成）

083

皇太后宮大夫俊成（藤原俊成）

小倉百人一首《ひゃくにんいっしゅ》

哀哀人世路
隐遁叹无归
尘外深山里
鹿鸣声亦悲

世の中よ
道こそなけれ
思ひ入る
山の奥にも
鹿ぞ鳴くなる

无处遁逃的叹息

藤原清輔朝臣

　なからへは
　　またこのころや
　しのはれむ
　うしと見し世そ
　今はこひしき

柳下亭種員筆記

櫻丸

八重

廣重画

084

藤原清輔

小倉
百人一首

ひゃくにんいっしゅ

若得人长久
今宵化梦萦
人世虽悲苦
往事可寻踪

ながらへば
またこの頃や
しのばれむ
憂しと見し世ぞ
今は恋しき

时光会淡化一切痛苦

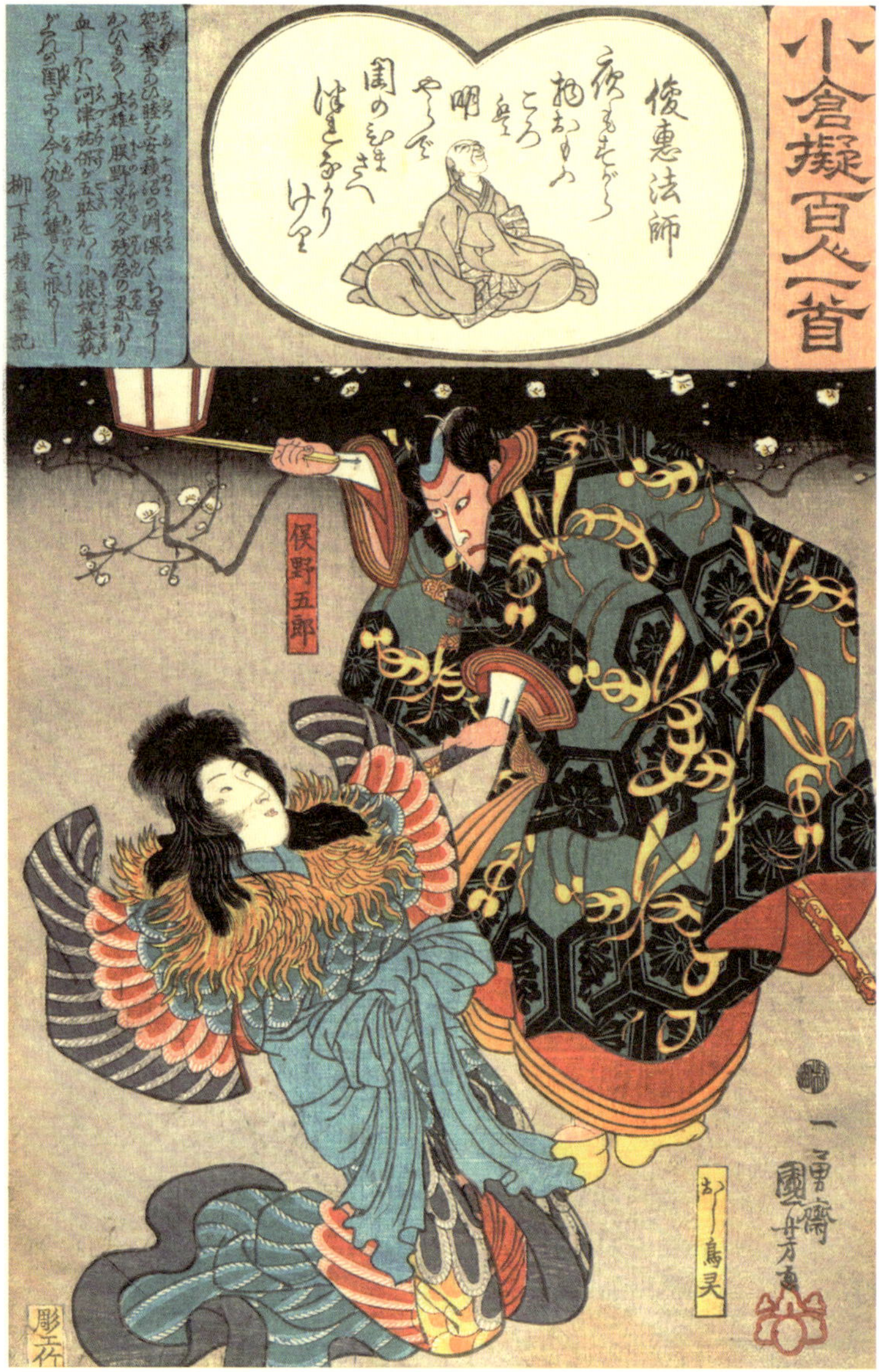
小倉擬百人一首
俊恵法師
俣野五郎
おし鳥
一勇斎國芳画
柳下亭種員筆記
彫工竹

085

俊恵法師

夜夜相思苦
迢迢天难明
深闺门上缝
黯黯亦无情

夜もすがら
物思ふころは
明けやらで
閨のひまさへ
つれなかりけり

将怨恨迁怒于门缝

小倉擬百人一首
西行法師
柳下亭種員筆記
靜御前
辨慶
應需 豊國画

086

西行法師

小倉
百人一首《ひゃくにんいっしゅ》

见月应长叹
忧思起万端
蟾光何罪有
令我泪涟涟

嘆けとて
月やは物を
思はする
かこち顔なる
わが涙かな

望月怨恨恋人

小倉擬百人一首
寂蓮法師
八重桐
彫工房次郎

087

寂蓮法師

村雨の
露もまだひぬ
まきの葉に
霧立ちのぼる
秋の夕暮れ

骤雨频频降
枝头露未干
腾腾秋夕雾
暮色满山川

雨后秋山的黄昏

088 | 皇嘉門院別當

088

皇嘉門院別當

难波苇节短
一夜虽尽欢
但愿情长久
委身无怨言

難波江の
葦のかりねの
ひとよゆゑ
みをつくしてや
恋ひわたるべき

小倉擬百人一首
式子内親王
久松
おそめ

089

式子内親王

郁郁相思苦

自甘绝此生

苟延人世上

无计掩痴情

玉の緒よ

絶えなば絶えね

ながらへば

忍ぶることの

弱りもぞする

090 | 殷富門院大輔

090

殷富門院大輔

小倉百人一首

ひゃくにんいっしゅ

浪里色不褪

雄岛渔夫衫

朝朝红泪洒

两袖送君瞻

見せばやな

雄島のあまの

袖だにも

濡れにぞ濡れし

色は変はらず

091 | 後京極攝政前太政大臣（藤原良經）

091

後京極攝政前太政大臣

（藤原良經）

小倉

百人一首《ひゃくにんいっしゅ》

迢迢霜夜里

蟋蟀鸣唧唧

独盖衣衫睡

茕然卧草席

きりぎりす
鳴くや霜夜の
さむしろに
衣かたしき
ひとりかも寝む

晚秋霜夜的孤独

小倉擬百人一首
二條院 讃岐
矢間重太郎
彫工房次郎

092

二條院讃岐

两袖无干处
谁知此恨长
滔滔潮落后
礁石水中藏

わが袖は
潮干に見えぬ
沖の石の
人こそ知らね
乾く間もなし

093 | 鎌倉右大臣（源實朝）

093

鎌倉右大臣（源實朝）

小倉百人一首

ひゃくにんいっしゅ

世の中は
常にもがもな
渚漕ぐ
あまの小舟の
綱手かなしも

万事应有定
蜉蝣羡久长
远观拉纤人
百感九回肠

悲叹人世无常

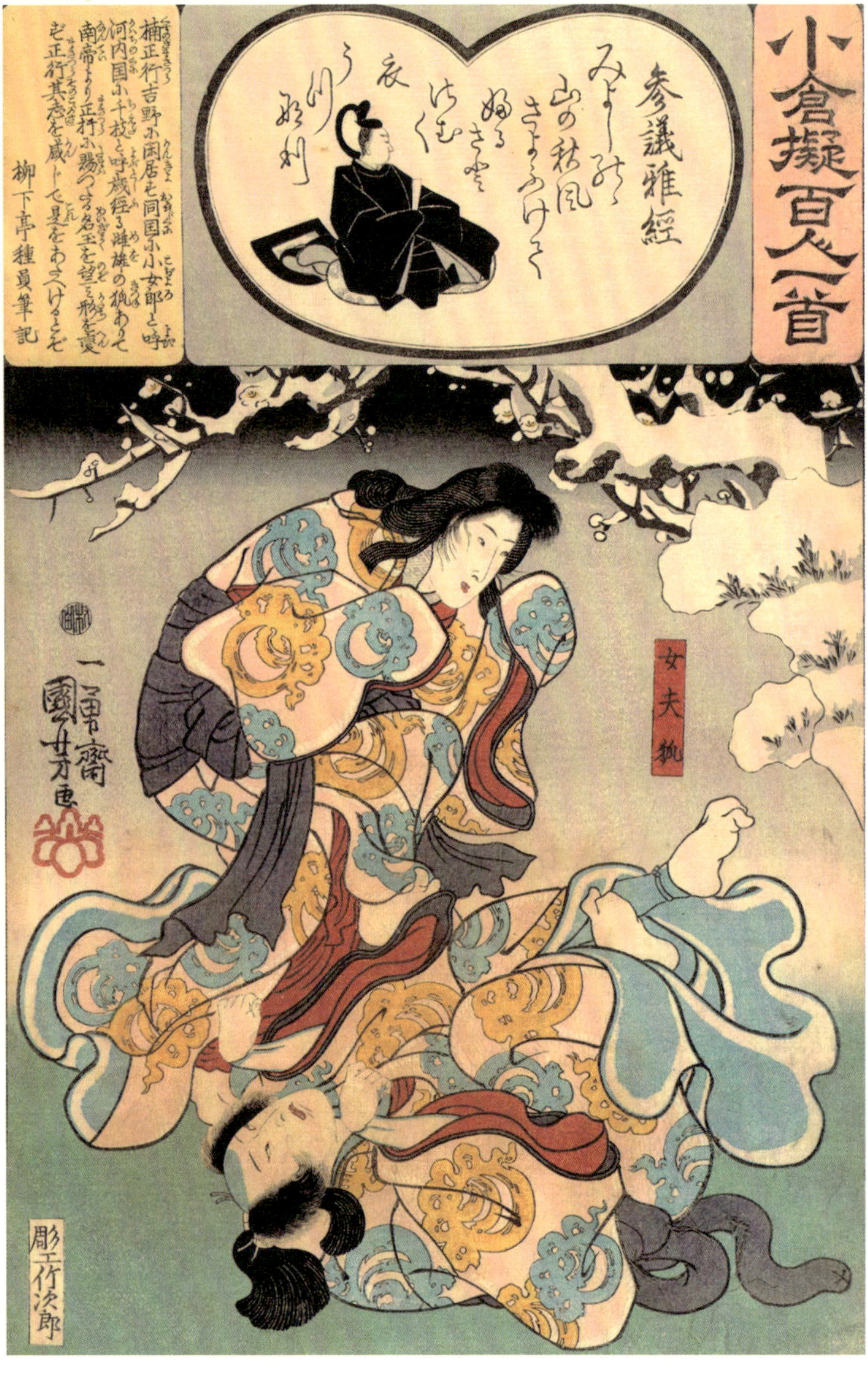

094 ｜ 参議雅經（藤原雅經）

094 ○

参議雅經（藤原雅經）

小倉
百人一首《ひゃくにんいっしゅ》

故国秋风起
萧萧吉野山
寒砧催夜尽
户户捣衣衫

み吉野の
山の秋風
小夜ふけて
ふるさと寒く
衣打つなり

秋风与寒砧的
寂寞交响

小倉擬百人一首
前大僧正慈圓
笑の中に斧を研黒主が叛逆花の王位を覆んと謀るといへども天誅争免んや
柳下亭種員筆記
大伴黒主

095

前大僧正慈圓

苦海茫无际

佛前表至诚

不才居比叡

墨袖护苍生

おほけなく
うき世の民に
おほふかな
わが立つ杣に
墨染めの袖

乱世中僧侶的抱負

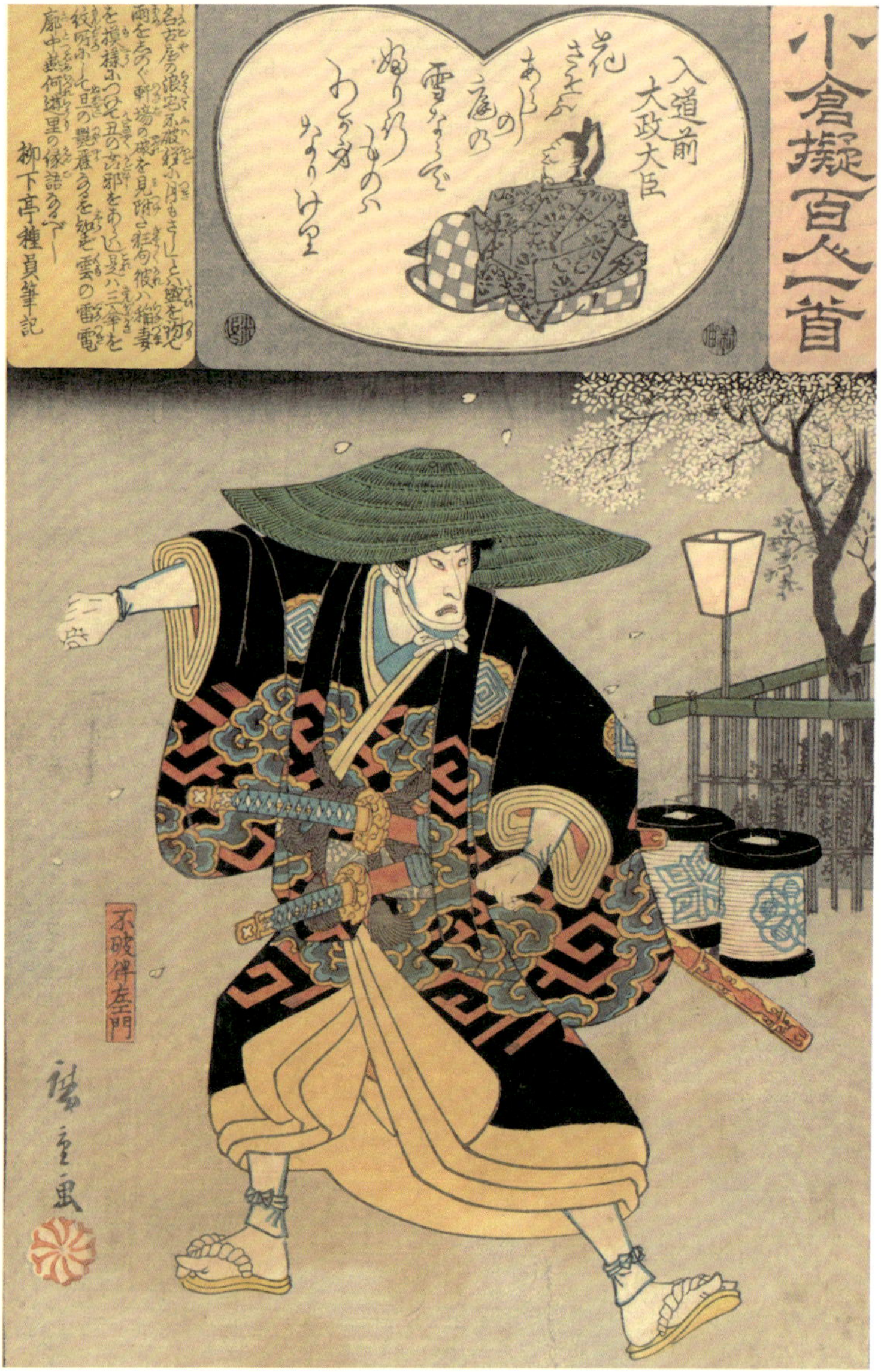

096 ｜ 入道前太政大臣（藤原公經）

096

入道前太政大臣（藤原公經）

满院非白雪
风雨催落花
过眼云烟散
身老叹韶华

花さそふ
嵐の庭の
雪ならで
ふりゆくものは
わが身なりけり

小倉
百人一首
ひゃくにんいっしゅ

流光容易把人抛

097 | 権中納言定家（藤原定家）

097

権中納言定家（藤原定家）

思君终不见
浪静海黄昏
卤水釜中沸
侬心亦似焚

来ぬ人を
まつほの浦の
夕なぎに
焼くや藻塩の
身もこがれつつ

098 | 従二位家隆（藤原家隆）

098

従二位家隆（藤原家隆）

小倉
百人一首《ひゃくにんいっしゅ》

风摇楢树叶
净罪小河川
暮色清凉处
正值夏暑天

風そよぐ
ならの小川の
夕暮れは
みそぎぞ夏の
しるしなりける

用听觉与视觉
感受夏秋交替

小倉擬百人一首
後鳥羽院
人もをし
人もうらめし
あぢきなく
世をおもふゆゑに
ものおもふ身は
三位中將惟盛
お里
彫竹

099

後鳥羽院

世人实堪怜
世人亦可恨
人间多悲苦
我心满忧愤

人もをし
人も恨めし
あぢきなく
世を思ふゆゑに
もの思ふ身は

乱世上皇的悲叹

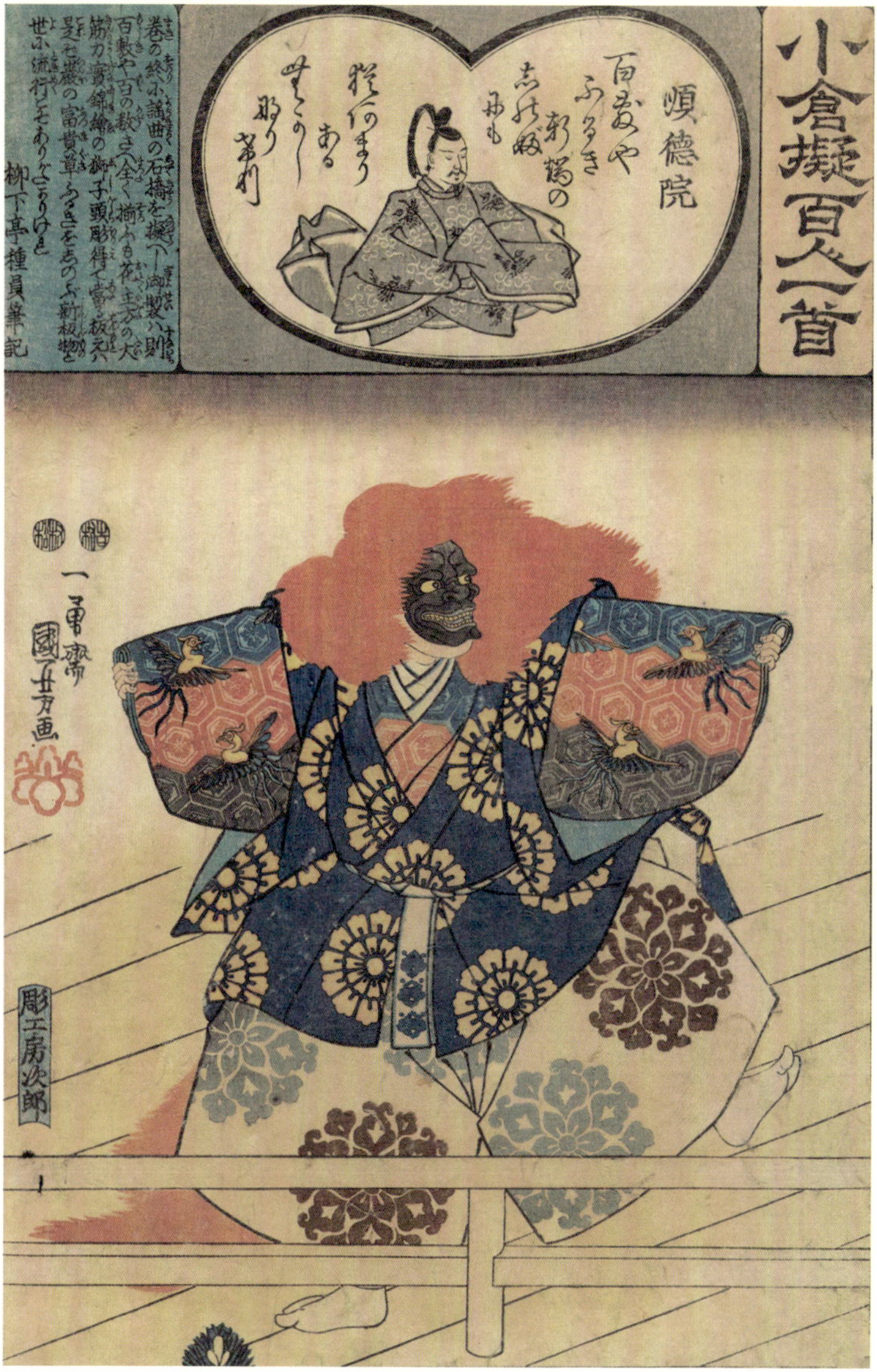

100 | 順徳院

100

順徳院

小倉百人一首

ひゃくにんいっしゅ

触目皆寂寥
深宫百草荒
繁华思旧岁
切切断人肠

百敷や
古き軒端の
しのぶにも
なほあまりある
昔なりけり

哀叹皇室衰落

图书在版编目（CIP）数据

小仓百人一首 / （日）藤原定家编著；刘德润译．—北京：新星出版社，2017.11（2019.7 重印）

ISBN 978-7-5133-2882-1

Ⅰ．①小… Ⅱ．①藤… ②刘… Ⅲ．①古典诗歌－诗集－日本－平安时代（794–1192） Ⅳ．① I313.22

中国版本图书馆 CIP 数据核字（2017）第 245399 号

小仓百人一首

（日）藤原定家　编著　刘德润　译

出版统筹：姜　淮
责任编辑：杨　猛
责任印制：李珊珊
装帧设计：冷暖儿

出版发行：新星出版社
出 版 人：马汝军
社　　址：北京市西城区车公庄大街丙3号楼　　100044
网　　址：www.newstarpress.com
电　　话：010-88310888
传　　真：010-65270449
法律顾问：北京市岳成律师事务所

读者服务：010-88310811　　service@newstarpress.com
邮购地址：北京市西城区车公庄大街丙 3 号楼　　100044

印　　刷：北京盛通印刷股份有限公司
开　　本：889mm × 1194mm　　1/32
印　　张：6.875
字　　数：116千字
版　　次：2017年11月第一版　　2019年7月第三次印刷
书　　号：ISBN 978-7-5133-2882-1
定　　价：68.00元